Lena Johannson

Die Inselbahn

Ein Sommer auf Sylt

rütten & loening

Lena Johannson

Die Inselbahn

Ein Sommer auf Sylt

Roman

rütten & loening

MIX
Papier aus verantwortungsvollen Quellen
FSC® C083411

ISBN 978-3-352-00881-8

Rütten & Loening ist eine Marke der Aufbau Verlag GmbH & Co. KG

1. Auflage 2014

Einbandgestaltung bürosüd, München
Gesetzt aus der Minion Pro durch Greiner & Reichel, Köln
Druck und Binden CPI – Clausen & Bosse, Leck
Printed in Germany

www.aufbau-verlag.de

Das Gerücht

Der Mann hatte schon recht gehabt, dachte Beke, der geheime Plan, die alte Inselbahn auf Sylt wiederaufzubauen, war die einzige Geschichte, über die es sich zu schreiben lohnte. Andererseits war Sylt schrecklich teuer, vor allem in der Hauptsaison. Und ihr Konto sah mehr als angsteinflößend aus. Wäre es nicht leichtsinnig, ja, geradezu verantwortungslos, für ein paar Tage auf die Insel zu fahren, anstatt sich in Hamburg umzuschauen und sich einen lukrativen Job zu suchen? Aber Beke war nun einmal Journalistin, und sie war schließlich nicht zu dieser Pressekonferenz in einem feinen Hamburger Hotel gegangen, um sich durch friesische Spezialitäten zu futtern. Na ja, jedenfalls nicht nur. Beke war mit der Hoffnung hingegangen, ein Thema für eine große Reportage aufzustöbern, die sie einem der bedeutenden Reisemagazine verkaufen konnte.

Es war lange her, dass sie eine gute Geschichte hatte platzieren können. In letzter Zeit hatte sie nur ein paar Meldungen geschrieben, Preisvergleichstabellen oder einzelne Info-Kästen geliefert. Nicht gerade anspruchsvoll und schon gar nicht rentabel. Ihr Kontakt zu verschiedenen Redaktionen war nicht schlecht, nur mussten die leider alle sparen. So wurden die großen Themen von festangestellten Kollegen beackert, die ohnehin ihr Gehalt bekamen. Zusätzliches Geld wurde nur ausgegeben, wenn ein freier Journalist eine ungewöhnliche Idee oder eben sehr exklusive Informationen hatte. Wann bekam man die schon? Beke hatte es irgendwie im Gefühl, dass jetzt so ein Moment gekommen war.

Sie dachte über die mysteriöse Begegnung im Flur vor dem Konferenzraum nach. Es war gerade Pause gewesen. Ihr schwirrte bereits ein wenig der Kopf vor lauter neuer Wellness-Programme, Hoteleröffnungen und Veranstaltungen in List und Westerland. Sie erinnerte sich, dass sie gerade dampfendes Wasser aus einem Samowar auf ihren Sanddorn-Teebeutel hatte plätschern lassen, als der Mann sie ansprach.

»Ziemlich fade, was?« Beke blickte irritiert von ihrer Tasse zu dem Mann und zurück. »Nicht der Tee, das Programm meine ich«, sagte er und rollte mit den Augen. »Was soll man über ein neues Hotel schreiben, das auch nichts anderes anbietet als die Konkurrenz? Wenn es an einem Ballon über der Insel schweben würde, ja, das wäre eine Meldung. Aber so? Lockt doch keinen hinter dem Ofen hervor.« Er schenkte sich Kaffee ein.

»Stimmt«, gab Beke ihm zaghaft recht und versuchte sich ein schwebendes Hotel vorzustellen. »Vielleicht kommt ja noch eine wirklich interessante Story.«

Schon während sie es aussprach, spürte sie die Zweifel. Selbst wenn im zweiten Teil der Veranstaltung ein Knaller wartete, hätte sie kaum etwas davon. Anscheinend lauerten alle darauf und würden augenblicklich damit in ihre Redaktionen rennen. Gut, vom Reisen-heute-Magazin war niemand anwesend, aber Beke würde sehr schnell ein sehr gutes Exposé schreiben müssen, wenn sie dort einen Auftrag ergattern wollte. Immerhin war sie nicht die einzige Freie, die das im Sinn hatte.

»Das hoffe ich auch«, sagte der Fremde in ihre Gedanken hinein. Er beugte sich vertraulich zu ihr herüber. »Ehrlich gesagt hoffe ich auf Informationen zu einer ganz bestimmten Geschichte. Ganz heiße Sache.« Er machte eine bedeutungsvolle Pause und sah sie an.

»Ach ja?« Sie wusste nicht, was sie sonst noch sagen sollte.

Er senkte die Stimme. »Ich weiß aus absolut zuverlässiger Quelle, dass die Inselbahn auf Sylt wieder in Betrieb genommen werden soll.« Wieder eine Pause und ein sehr langer tiefer Blick. »Stellen Sie sich das einmal vor: Nach über vierzig Jahren soll sie wieder durch die Dünen rattern. Eine Sensation!« Seine Stimme war zu einem aufgeregten Flüstern geworden. »Überlegen Sie mal, wie viele Millionen da investiert werden müssen!«

»Allerdings.« Sie nickte automatisch, obwohl sie nicht die Spur einer Ahnung davon hatte, was so eine Bahn kostete. Beke wusste genau, welche Summe sie jeden Monat für ihr Zimmer in der WG aufbringen musste. Sie kannte den Bäcker mit den günstigsten Brötchen und konnte die Tarife der öffentlichen Verkehrsmittel herunterbeten.

»Die Kosten sind das eine«, fuhr der Mann fort. »Der Lärm, die Unruhe und die Veränderung sind das andere. Es ist ja nichts mehr da. Muss alles neu gebaut werden.

Der Fahrradweg muss wieder weg.« Er lachte schadenfroh. »Das gibt ein Hauen und Stechen auf der Insel, das können Sie mir glauben. Wenn die Pläne erst mal durchsickern, werden die Gegner und die Befürworter gleichermaßen auf die Barrikaden gehen. Dann ist was los auf Sylt!« Er griff in die Schale mit den friesischen Keksen und stapelte sich eine Handvoll auf seine Untertasse.

Beke fragte sich, wie er mit diesem wackeligen Plätzchenturm auch nur einen Schritt weit kommen wollte, ohne dass das Gebäck auf dem Boden landete.

»Bin gespannt, ob die darüber etwas verraten. Über den Trassenverlauf, meine ich. Kann mir nicht vorstellen, dass sie die gesamte Strecke wiederbeleben«, murmelte der Unbekannte, während er sich bereits umdrehte und zurück in den Konferenzraum ging.

Die zweite Hälfte der Veranstaltung war in Bekes Augen grässlich langweilig gewesen. Es ging um Zahlen, Statistik und um Gästestrukturen. Wie viele Reisende kamen in welchem Monat? Nahm die Menge der Familien mit Kindern eher ab oder zu? Wie viel Geld ließ ein Durchschnittsgast pro Tag auf der Insel? Beke hatte mit brennenden Augen auf die Präsentation gestarrt und gegen die Schwerkraft gekämpft, die an ihren Lidern zerrte. Als die Riege der Marketing- und Presse-Mitarbeiter sich artig bedankte und zu persönlichen Gesprächen ermunterte, in denen sich individuelle Fragen klären ließen, atmete sie auf. Sie rieb sich das Gesicht und überlegte: War es sinnvoll, sich jemanden vom Tourismusbüro zu schnappen und über die Inselbahn zu befragen? Oder sollte sie lieber den Fremden ansprechen, der ihr davon erzählt hatte?

Sie verstaute Notizblock und Stift in ihrem Leinenbeutel und sah sich um. Der Mann war nirgends zu sehen. Sie kniff die Augen zusammen und suchte die Reihe der Bistro-Tische ab, an denen Redakteure und Sylt-Vertreter standen und plauderten. Da kein Wort über die Bahngeschichte gefallen war, würde er doch sicher gezielt nachfragen. Dachte sie. Aber er war nicht da. Vielleicht hatte er noch einen anderen Termin. Beke war unentschlossen. Inzwischen hatten sich kleine Schlangen an jedem der Tische gebildet. Es würde dauern, bis sie Gelegenheit bekäme, nach etwaigen Plänen zu fragen. Gut möglich, dass sie gar nicht mehr an die Reihe käme, denn die Herrschaften hatten sicher nicht unbegrenzt Zeit. Sie entschied sich schließlich, den Saal zu verlassen und nach dem Fremden Ausschau zu halten. Er hatte ihr von allein von der ganz heißen Sache erzählt. Also gehörte er eindeutig nicht zu den Kollegen, die einen nicht abschreiben ließen. Sie konnte ihn getrost ausfragen.

Beke war immer schneller geworden, nachdem sie den Entschluss einmal gefasst hatte. Sie hatte im Flur noch schnell ein paar Teebeutel, Zuckertütchen und abgepackte Kondensmilch in ihren Beutel verschwinden lassen, war dann durch das Foyer geeilt, die Treppen zwei Stufen auf einmal nehmend hinuntergelaufen, auf dem Bürgersteig stehen geblieben und hatte mehrfach nach links und nach rechts geschaut. Nichts. Der Kerl hatte sich in Luft aufgelöst. Entweder hatte er einen Hinterausgang benutzt oder das Hotel geradezu fluchtartig verlassen. Da waren nur Angestellte der umliegenden Büros, die ihre Mittagspause im Freien verbrachten, Touristen, die die Terrassen der Restaurants und Cafés rund um die Alster bevölkerten, eine Polizistin mit strassbesetzter Sonnenbrille, die Knöllchen verteilte, und natürlich Stadtstreicher, denen es bei diesem herrlichen Sommerwetter auch wieder mehr Spaß machte, Passanten um einen Euro zu bitten, als bei Regen oder Winterkälte.

Nun saß sie also auf dem breiten Altbau-Fensterbrett in der Küche ihrer WG, ein Glas Wasser in der Hand, und fächelte sich Kühlung zu. Zwar war das Fenster weit geöffnet, doch es war absolut windstill. Auf Sylt wehte bestimmt ein angenehmes Lüftchen. Dort, wo die Nordsee nie weit war, konnte man es zu dieser Jahreszeit sicher gut aushalten. Wenn man das nötige Kleingeld hatte. Das fehlte Beke leider. Genau das würde ihr eine exklusive Geschichte über die Insel der Schönen und Reichen, wie einige sie nannten, jedoch in die Kasse spülen, so viel stand fest. Sie musste investieren, um Erfolg zu haben. Mit einer wirklich guten Reportage käme sie auch einer Festanstellung ganz bestimmt einen Schritt näher. Damit konnte sie auf sich aufmerksam machen. Eigentlich hatte sie mit dreißig fest zu einem Redaktionsteam gehören wollen. Das hatte nicht geklappt. Nun gut, sie war auch schon neunundzwanzig gewesen, als sie ihr Studium beendet und ein Praktikum abgeschlossen hatte. Sie war eben eine Späteinsteigerin, die sich vorher schon in zwei anderen Berufen versucht hatte. Diese Entscheidung sollte niemand zu leichtfertig treffen, fand Beke. Immerhin musste man womöglich vierzig oder fünfzig Jahre damit leben. Eine lange Zeit für einen Job, den man nicht ausstehen konnte. Auch rückblickend war sie der Ansicht, alles richtig gemacht zu haben. Dass es so schwer werden würde, in dem Alter als absoluter Neuling eine Stelle zu ergattern, hatte sie sich allerdings nicht ausgemalt. In einem Monat wurde sie zweiunddreißig. Es wurde wirklich höchste Zeit für eine ordentlich bezahlte Stelle, eine eigene Wohnung, einen eigenen Mann, kurz: für ein Leben in geordneten Bahnen. Wäre doch drollig, wenn ihr gerade die Inselbahn dazu verhelfen würde.

Beke schnappte sich das Telefon und rief ihre Schwester Nummer drei an: »Hallo, Birte, hier ist Beke.«

»Hallo, Lüttste«, kam es fröhlich von der anderen Seite.

»Du sollst mich nicht so nennen. Ich bin nicht lütt. Ich bin größer als du.« Beke war gereizt.

»Alle nennen dich so«, antwortete Birte unbeeindruckt. »Du bist das Nesthäkchen, du wirst immer unsere Lüttste bleiben.«

»Ja, aber …« Beke seufzte. Sie hatte das schon so oft mit ihren drei Schwestern und den beiden Brüdern diskutiert. »Ist ja egal. Alles gut bei dir?«

»Alles bestens. Die Monster trampeln mir auf den Nerven herum, und Wolfgang arbeitet im Moment so viel, dass ich sie jeden Abend alleine ins Bett bringen muss.«

»Hört sich toll an.« Beke lachte leise, meinte es aber durchaus ernst. Sie beneidete ihre vier Jahre ältere Schwester, die vor drei Jahren nach vielen erfolglosen Versuchen doch noch Mutter geworden war. Zwillinge. Alles mit einem Abwasch, wie Birte zu sagen pflegte.

»Und bei dir?«

»Alles super«, log Beke und schnaubte spöttisch.

»Lass mich raten: Du bist blank und hast noch immer keinen Auftrag.«

»So ungefähr«, gab sie zerknirscht zu. »Das heißt, nicht ganz …« Dann erzählte sie von der Pressekonferenz und der vermeintlich heißen Information. »Wenn ich nur wüsste, was ich machen soll«, schloss sie ihren Bericht. »Das könnte 'ne echt große Geschichte sein. Nur werde ich das nie herausfinden, wenn ich nicht auf die Insel fahre. Ich habe schon ein paar Anrufe gemacht und im Internet recherchiert. Nichts. Oder man blockt ab. Ich komme einfach nicht weiter, wenn ich nicht vor Ort bin und die entsprechenden Leute befrage oder mich nach ersten Anzeichen umsehen kann.«

»Ja, dann mach's doch!« Beke konnte sich vorstellen, wie Birte auf ihre typische Art den Kopf schüttelte. »Ausgerechnet Sylt! Viel schlimmer kann es uns Hallig-Gewächse nicht treffen.« Ihre Schwester lachte. Nach einer sehr kurzen Pause fügte sie hinzu: »Ich leihe dir die Kohle für die Anreise und die Unterkunft trotzdem. Allerdings bin ich auch nicht gerade fett bei Kasse. Die Monster sind ganz schön anspruchsvoll und können mich ziemlich gut um ihre kleinen süßen Fingerchen wickeln, wenn sie etwas wollen. Ruf doch mal Bjarne an. Vielleicht kann er dir eine günstige Übernachtungsmöglichkeit empfehlen. Wozu hat man schließlich Brüder?«

»Ich weiß nicht, Birte, du kannst mich nicht dauernd sponsern. Und es ist mir irgendwie peinlich, Bjarnes Kontakte auszunutzen …«

»So ein Quatsch! Ich telefoniere gerade, könntest du bitte deine Schwester am Leben lassen, bis ich hier fertig bin?«, schrie sie plötzlich. »Entschuldigung, die Monster bringen sich gerade gegenseitig um. Sollte dir jemals einer erzählen, Zwillinge würden einander lieben wie sich selbst, glaube ihm bloß kein Wort. Das gilt jedenfalls nicht, wenn du ein Pärchen am Hals hast.« Sie seufzte, klang aber ziemlich zufrieden. »Wo waren wir? Ach ja, du willst nach Sylt. Mann, Lüttste, mach das! Das klingt wirklich nach einer tollen Gelegenheit. Greif zu, bevor es zu spät ist. Du weißt, was passiert, wenn man zu lange wartet.«

Das wusste Beke nur zu gut. Schon ihr ganzes Leben waren Entscheidungen nicht gerade ihr Steckenpferd gewesen. Wie sollte man auch lernen, Entscheidungen zu treffen, wenn fünf Geschwister einen ungefähr die ersten achtzehn Lebensjahre von vorne bis hinten verwöhnten? Beke war auf Langeneß groß geworden, der größten Hallig des Wattenmeeres. Ihre Eltern hatten Landwirtschaft, später einen kleinen Hofladen und natürlich eine Zimmervermietung. Jede Hallig-Familie vermietete Zimmer.

Es war eine glückliche Kindheit. Die fünf älteren Brüder und Schwestern halfen im Stall mit, bezogen Betten, kochten Kaffee und pressten Butter in Herz- und Blumenformen. Beke musste keinen Finger rühren. Im Gegenteil. Ständig war jemand um sie herum, der ihr vom Großeinkauf auf dem Festland etwas mitbrachte, der mit ihr über die Fennen tobte oder durch das Watt stapfte. Ihr ältester Bruder Broer übernahm den elterlichen Betrieb, alle anderen gingen einer nach dem anderen auf das Festland, um dort einen Beruf zu ergreifen. Das machte alles noch schlimmer. Wann immer sie zu Besuch kamen, überhäuften sie ihre kleine Schwester mit Geschenken. Oder sie übertrafen sich gegenseitig mit Einladungen und Unternehmungen. Beke ließ es gerne geschehen. Sie liebte ihre Familie und sah keinen Grund, sich nicht an allem zu erfreuen, was sich ihr bot.

Natürlich kam es manchmal vor, dass Schwester Nummer zwei sie für dasselbe Wochenende einlud wie Bruder

Nummer zwei. Kein Problem für Beke. Sie überließ es den beiden, sich zu einigen und ihr die Entscheidung abzunehmen. Für den Moment war das immer eine höchst komfortable Lösung gewesen. Für ihr späteres Leben war es das nicht. Beke hatte ständig die Sorge, etwas zu verpassen. Weil sie Angst hatte, mit einer Entscheidung auf eine Option zu verzichten, zögerte sie oft so lange, bis es gar keine Option mehr gab.

So war es auch damals mit Ingo gewesen. Er hatte als Kind alle Sommerferien auf der Hallig verbracht und mit seinen Eltern immer bei den Brodersens gewohnt. Jedes Jahr sahen sie sich, tollten von einer Warf zur anderen, sammelten Muscheln und buddelten Wattwürmer aus. Als Ingo Abitur machte, hatte er keine Zeit für einen Hallig-Urlaub. Das war der Moment, als Beke begriff, wie sehr sie ihn vermisste, wenn er nicht da war. Ihm ging es offenbar ähnlich. Er kam vor Beginn seines Studiums bei der Bundeswehr für vier Wochen. Allein, ohne seine Eltern. Beke hatte damals Ferien von der Schule auf dem Festland, war also selbstverständlich auch auf der Hallig. Kein Zufall, Ingo hatte es genau so geplant. Die beiden waren unzertrennlich. Als der Monat zu Ende ging, sprach Ingo mit ihr über die Zukunft. Er dachte tatsächlich über eine Beziehung mit ihr nach, mit allem Drum und Dran. Genau genommen war eine Beziehung für ihn die einzig logische Entwicklung. Für ihn galt es nur noch, die Details zu klären, etwa wann sie zusammenziehen konnten und wohin. Beke war glücklich, trotzdem konnte sie sich nicht festlegen. Sie wollte erst mal sehen, noch wüsste sie ja gar nicht, wo sie eine Berufsausbildung machen würde. Womöglich kehrte sie auch zurück auf die Hallig und arbeitete bei ihrem Bruder.

So ging es Jahr um Jahr. Wann immer Ingo das Thema einer gemeinsamen Wohnung ansprach, vertröstete sie ihn und schob eine klare Entscheidung vor sich her. Seine Geduld war grenzenlos. Fast. Irgendwann teilte er ihr mit, er habe sich für weitere vier Jahre bei der Bundeswehr verpflichtet. Er würde im Kosovo stationiert sein. Beke war maßlos enttäuscht und behauptete, er habe die Beziehung beendet. Doch ihre Schwestern hatten ihr reihum gründlich den Kopf gewaschen. Beke musste sich zähneknirschend eingestehen, dass sie es vermasselt hatte. Sie schrieb Ingo Briefe, die jedoch unbeantwortet blieben. Er hatte seine Entscheidung getroffen und war konsequent. Seitdem hatten die beiden sich nicht mehr gesehen. Birte hatte vollkommen recht, Beke wusste nur zu gut, was passierte, wenn man zu lange wartete. Vor allem wusste sie, wie weh das tun konnte.

»Hallo, Bruderherz!«

»Hallo, Lüttste!«

Beke rollte mit den Augen, verkniff sich aber jeglichen Kommentar. Es war ihr unangenehm, dass ihre Geschwister sie noch unterstützen mussten, obwohl sie bald zweiunddreißig war. Andererseits war es ziemlich praktisch, noch immer als Nesthäkchen betrachtet zu werden und eine Art lebenslangen Welpenschutz zu genießen. Sie beschloss, sich in dieser Situation in ihre Rolle zu fügen, und klagte Bjarne ihr Leid.

»Puh, das ist 'ne harte Nuss«, meinte er.

Bjarne war der Weltenbummler der Familie. Er kannte im Gegensatz zu dem ältesten Bruder Broer keine natürliche Feindschaft zwischen Halligen und Inseln und hatte sich gleich nach der weiterführenden Schule, die alle Brodersen-Kinder auf dem Festland besucht hatten, erst auf Sylt, später auf Amrum niedergelassen. Bjarne hatte sein Hobby zum Beruf gemacht und war als Surfer inzwischen auf der ganzen Welt unterwegs. Beke fand es faszinierend, dass man von einem Sport leben konnte. Bjarne konnte es. Er brauchte auch nicht viel. Ein Brett, Wind, möglichst hohe Wellen, das war sein Universum. Ein Schlafplatz fand sich bei anderen Surfern fast von allein. Er kannte in jedem Winkel der Erde jemanden, den er fragen konnte. In jedem Winkel, der einen Strand hatte.

»Du hättest bestimmt bei Axel unterkommen können, aber der hat die Hütte voll. Trainingslager. Und dann auch noch Hauptsaison. Da melden sich sowieso immer Freunde und Verwandte an, die billig Urlaub machen wollen.«

»Klar.« Beke sank der Mut. »Ich war sowieso nicht wirklich scharf drauf, ausgerechnet auf diese Angeber-Insel zu fahren«, log sie bockig. In Wahrheit konnte sie sich nicht viel vorstellen, was sie lieber getan hätte. Geld verdienen und dabei auch noch Sylt genießen, das war wie Zimt und Zucker auf einem Kartoffelpuffer mit Apfelmus. »Es hätte einfach die Chance auf einen lukrativen Auftrag sein können.«

»Was heißt denn Angeber-Insel? Glaubst du etwa immer noch, alle Sylter sind reich und alle Hallig-Lüüd sind arme Schlucker?«

»Nee …«

»Sylt ist cool. Es gibt kaum einen Ort, wo es sich besser trainieren und zwischendurch relaxen lässt.« Als ob sie das nicht wüsste! Sylt war für Beke immer ein Sehnsuchtsort gewesen, den sie erst einmal hatte besuchen dürfen.

»Ich will aber nicht surfen, sondern dort arbeiten. Das heißt, ich muss auf der Insel schlafen und essen. Das ist da doch bestimmt doppelt so teuer wie auf dem Festland. Und dann die ganzen Schnösel, die jede Menge Kohle haben …« Das waren immer Broers Worte. Sie schienen Beke passend zu sein, um ihre Enttäuschung zu verbergen, dass aus ihrer Reise wohl nichts werden würde.

»Echt, Lüttste, du klingst schon wie unser großer Bruder. Du musst dringend etwas gegen deine Vorurteile tun. Wenn du nur zu den Hot Spots latschst oder in den angesagten Restaurants und Bars einkehrst, dann bist du schnell ein Vermögen los und riskierst, auf ein paar schräge Typen zu treffen. Aber du wirst doch wohl etwas mehr Phantasie haben und unbekannte Lokale und Kneipen erkunden. Ich denke, du bist Journalistin.«

»Als Journalistin braucht man keine Phantasie, sondern einen Blick für die Realität und Verstand. Glaube ich zumindest«, sagte sie leise.

»Nicht böse sein, Lüttste, aber das mit der Realität ist nicht gerade deine Stärke.« Sie wusste nicht, was sie dazu sagen sollte. »Meinst du, fünfzig Euro die Nacht ist okay für Birte?«

»Keine Ahnung.«

»Ich kenne eine Pension in Westerland. Nicht gerade eine Luxusherberge, aber super gelegen. Die haben ein Herz für Surfer und ein Zimmer, das sie eigentlich nicht vermieten. Ist nicht gerade Sylt-Standard. Wenn ich für dich anrufe, kannst du das bestimmt haben. Vorausgesetzt, es ist nicht schon weg.«

»Das wäre super!« Ein Hoffnungsschimmer. Beke hatte schon geglaubt, die Entscheidung wäre ihr abgenommen, weil selbst Bjarne ihr keine günstige Unterkunft vermitteln konnte. Wenn Beke doch noch in dieser Woche fahren würde, wäre sie bestimmt die Erste, die vor Ort recherchiert. Ob sie schon mal in der Redaktion anrufen und die Kollegen neugierig machen sollte?

Zwei Tage später saß Beke im Zug nach Westerland. Sie lebte nun schon über zehn Jahre in Hamburg, war allerdings nie eine Großstädterin geworden. Tief in ihrem Herzen war sie noch immer ein Hallig-Kind. So überforderte es sie auch heute noch, wenn Menschen in Massen auftraten und der Lärm quietschender Bremsen, der Lautsprecherdurchsagen, die sich mit dem allgemeinen Stimmengewirr vermengten, und das hintergründige Kreischen der Stadt an ihren Nerven zerrten. Sie konnte nur schwer ertragen, mit jenen konfrontiert zu werden, die am Rand der Gesellschaft lebten und glücklichere Mitmenschen um etwas Geld baten. Sie hatten noch weniger als Beke, viel weniger. Also konnte sie nicht nein sagen. Ob man ihr das ansah? Manchmal hatte sie das Gefühl. Auch heute hatte sie einem Mann eine Münze gegeben, der sie um ein paar Cent für eine Fahrkarte gebeten hatte.

»Wo müssen Sie denn hin?«, hatte sie treuherzig gefragt.

»Poppenbüttel.« Er roch nach Alkohol und Zigaretten und so, als habe er schon mehrere Tage keine Seife zu Gesicht bekommen. »Die anderen erzählen Geschichten«, erklärte er ihr. »Mit einer guten Geschichte kriegt man leichter ein paar Cent. Aber ich habe keine Geschichte, ich habe nur die Wahrheit. Und die will keiner hören.«

Sie drückte ihm zwei Euro in die Hand. Zwei oder drei

Cent waren zu wenig, einen Schein konnte sie nicht entbehren.

»Wirklich? Für mich?« Seine Augen strahlten. Er konnte sein Glück kaum fassen. »Einen schönen Tag noch.«

»Danke, das wünsche ich Ihnen auch.« Sie lächelte.

»Ach, ich wünsche Ihnen viel mehr als einen schönen Tag. Ein schönes Leben!«, rief er ihr nach.

Gute Entscheidung, dachte Beke.

Nun saß sie also im Zug. Eigentlich sollte es längst losgegangen sein. Sie sah zum wiederholten Mal auf ihre Uhr.

Plötzlich ertönte eine Durchsage: »Liebe Fahrgäste, die Abfahrt verzögert sich noch um einige Minuten. Wir warten auf unseren Lokführer. Der sitzt in einem anderen Zug, der leider Verspätung hat. Darum kann er nicht hier sein.« Das leuchtete Beke ein. Sie blätterte entspannt in dem Magazin, das an jedem Platz auslag. Irgendwie war sie froh über jede Minute, die sie noch nicht auf der Insel war. Nicht dass sie etwas gegen Sylt hätte. Im Gegenteil. Als Kind hatte sie manchmal gehört, dass es den Syltern viel besser ginge als den Hallig-Leuten. Man lästerte gern über die »Insel-Schnösel«. Vermutlich war es das zwischen Nachbarn übliche Geplänkel. Man beäugte den anderen skeptisch, machte Witze über ihn, ohne das ernst oder gar böse zu meinen. Beke erinnerte sich, dass sie immer etwas neidisch gewesen war. Zwar hatte sie eine extrem glückliche Kindheit verbracht, trotzdem hatte es Dinge gegeben, die ihr gefehlt hatten, wie etwa mehrere Supermärkte und Boutiquen. Auf Sylt gab es das und noch viel mehr. Sylt.

Ihr wurde mulmig. Sie brauchte dringend ein Ergebnis, das für mindestens vier, besser aber für sechs Hochglanzseiten taugte. Über die Insel war schon so viel geschrieben worden. Und an all den Reportagen musste sie sich messen lassen. Sie schluckte. Immerhin hatte sie ein ganz neues Thema. Das war die halbe Miete, versuchte sie, sich zu beruhigen.

Ihr Zug war aus Frankfurt gekommen. In ihrem Abteil saßen Schüler einer Klasse, die, dem Dialekt nach zu urteilen, bereits von Anfang an dort hockten. Sie hatten wenig Verständnis für die Verzögerung auf dem Hamburger Hauptbahnhof und wurden unruhig und damit immer lauter. Glücklicherweise ging es nach wenigen Minuten weiter. Hinter Itzehoe blickte einer der Schüler lange aus dem Fenster.

»Is ja nich viel los hier«, meinte er nachdenklich. Und nach einer langen Pause ergänzte er: »Aber eigentlich ganz schön.«

Beke schmunzelte. Sie stellte sich vor, dass der Halbwüchsige in Frankfurt aufgewachsen war. Vielleicht war es uncool, das zuzugeben, aber bestimmt war die Landschaft, die an ihnen vorüberzog, Balsam für seine Seele. Sie blätterte in dem Magazin und entdeckte eine Anzeige: »Möchten Sie Schriftsteller werden?« Ja, dachte sie. Das war eigentlich eine ziemlich gute Idee. Sie könnte einen Roman über eine Journalistin schreiben, die auf den Spuren der alten Inselbahn einen Kriminalfall aufdeckt. Nebenbei trifft sie auch noch ihre große Liebe. Sex and crime, gewissermaßen. Beke lächelte zufrieden. Wenn das nicht der Stoff für einen Bestseller war? Den Gedanken, von sachlichen Zeitungstexten in das erzählende Fach zu wechseln, trug sie schon eine Weile mit sich herum. Und jetzt würde sie den ersten Schritt wagen! Während der nächsten Tage würde sie zweigleisig fahren. Sehr passend, immerhin ging es um die Eisenbahn.

Gleich hinter den Jungs und Mädchen aus Hessen saß ein Frauenquartett, das in Harburg zugestiegen war.

»Guck mal, wie es stürmt«, bemerkte die eine aufgeregt.

»Das gibt eine stürmische Begrüßung«, antwortete eine der anderen.

»Hihihi.« Sie kicherten und hielten sich geziert die Hände vor den Mund.

»Mir macht Sturm nichts«, verkündete die Dritte im Bunde. »Jedenfalls nicht, wenn ich am Meer bin. Zu Hause kann ich das nicht leiden, aber hier macht mir das nix!«

Beke hörte den gackernden Damen nicht länger zu. Sie dachte darüber nach, dass so viel Sturm für diese Jahreszeit ziemlich ungewöhnlich war, und malte sich bereits aus, wie sie das in ihrem zukünftigen Roman verarbeiten konnte.

In Niebüll wurden Wagen abgekoppelt, was den Fahrgästen Zeit gab, hinaus in die herrliche Sonne zu gehen. Einige steckten sich eilig eine Zigarette an. Von der Frauen-Combo hielt nur eine die Stellung. Diese Frau kam mit einer alleinreisenden Dame ins Gespräch.

»Meine Freundinnen und ich kommen ja schon seit Jahren nach Sylt. Einmal im Jahr mindestens.«

»Ach ja? Dann können Sie mir bestimmt ein paar Tipps geben. Ich bin das erste Mal …« Weiter kam sie nicht.

»Jaaa, ich kenne die Insel wie meine Westentasche. Wir wohnen immer in einem kleinen Hotel in der Friedrichstraße.« Pause. »In DER Friedrichstraße«, betonte sie. Wie sollte jemand, der noch nie auf Sylt war, damit etwas anfangen können? »Die Friedrichstraße ist die Fußgängerzone in Westerland«, dozierte sie auch schon. »Die kennt man.«

»Und dann soll es da ein Fischrestaurant geben, das ganz bekannt ist«, sagte die Alleinreisende schüchtern. »Da soll ich unbedingt mal essen, hat man mir gesagt.«

Beke wusste, welches Restaurant gemeint war. Der Platzhirsch der Insel gewissermaßen. Prompt rief die Kennerin den Namen durch das gesamte Abteil. »Ja, den gibt's überall. Ein absolutes Muss!«

»Na ja, ich will gar nicht so viel essen. Ich muss ein bisschen kürzertreten.« Die Alleinreisende klopfte sich auf den Bauch. Sie füllte den Gang zwischen den gepolsterten Sitzen tatsächlich gut aus.

»Ja, ja, ich muss auch aufpassen. Aber es schmeckt immer so gut. Hihihi.«

»Können Sie mir denn empfehlen, wo ich gut Kuchen essen kann? Einmal Friesentorte muss sein. Ist ja Urlaub.«

»Eben, man gönnt sich ja sonst nichts. Hihihi.« Natürlich konnte die Kennerin auch exklusive Cafés empfehlen, wo man mit etwas Glück auch mal den einen oder anderen Prominenten sehen konnte.

»Wirklich?« Die Alleinreisende bekam Kulleraugen. »Ich dachte immer, es wäre übertrieben, wenn Bekannte mir erzählt haben, dass so viele Promis auf der Insel sind.«

»Aber nein«, rief die andere aus und machte eine wegwerfende Handbewegung, als wolle sie sagen: Davon gibt es jede Menge … eine echte Plage! Das sagte sie natürlich nicht, sondern zählte auf, wen sie schon alles gesehen hatte.

»Tatsächlich?« Die großen Augen drohten jeden Moment aus ihren Höhlen zu kullern. »Sogar amerikanische Schauspieler?«

»Ich bin ziemlich sicher, dass er es war.«

Die Fahrt ging weiter, sie ratterten der Insel entgegen. Der Hindenburgdamm. Beke bekam Heimatgefühle. Ein breites Grinsen schlich sich in ihr Gesicht, wie immer, wenn sie nur in der Nähe der Nordsee war. Da war der Deich, das Watt. Schafe bevölkerten die Wiesen. Sie hatten knallgrüne oder rote Markierungen in der Wolle und auf dem Kopf. Dann endlich das Meer. Es glitzerte so sehr, dass Beke Tränen in die Augen schossen. Über dem Wasser blauer Himmel mit weißen Tupfen. Richtig kitschig. Und unglaublich schön! Beke seufzte und blinzelte. Sie hatte eine Gänsehaut. Warum war ich eigentlich so lange nicht zu Hause?, fragte sie sich.

Willkommen auf Sylt

Das Zimmer war ein Kabuff mit Bad in einem alten Kapitänshaus. Von außen wirkte das Gebäude ausgesprochen charmant: roter leicht verwitterter Backstein, ein Balkon mit eisernem geschwungenen Geländer, Blumenkästen mit Primeln und Männertreu, die ihre Köpfe hängen ließen. Es hatte lange nicht geregnet. Das Innere der Pension war weniger charmant. Zumindest ihr Zuhause für die nächsten vier Tage war alles andere als das. Das Badezimmer war winzig. Dunkelgrüne Fliesen mit braunen Sprenkeln auf dem Boden, an den Wänden hellgrüne Fliesen mit orangefarbenem Blumenmuster. Wenn Beke auf Toilette saß, klemmten ihre Knie an der Wand und ihre Schulter stieß gegen das Waschbecken. Durch das Fenster konnten die Nachbarn hereinsehen. Sie hatte erst überlegt, ob sie den Bettbezug davorhängen sollte, weil sie bei dieser Hitze ohnehin keine Bettdecke brauchte, hatte sich dann aber entschieden, es einfach zu ignorieren. Im Zimmer war es ähnlich eng. Sie musste auf das Bett steigen, wenn sie die

Tür hinter sich zumachen wollte, die Schranktür ging nicht ganz auf, weil auch sie gegen das Bett schlug. Kein Wunder, dass die Kammer nicht offiziell zur Vermietung stand. Umso erstaunlicher, dass die Vermieterin, eine resolute geschäftstüchtige Person aus Bremen, siebenundvierzig Euro pro Nacht verlangte und dies auch noch als absolutes Schnäppchen verkaufte. Sei es drum, Beke konnte ihre Geschichte recherchieren, vielleicht wirklich ihren ersten Roman anfangen, und sie hatte einen kostenfreien Internetzugang inklusive, das Ganze in Toplage. Was wollte sie mehr?

Beim Frühstück unterhielt sich eine füllige, etwas zu laute Frau – Beke erkannte die Alleinreisende aus dem Zug wieder – mit den Gästen am Nebentisch.

»Sie müssen unbedingt die exklusive Kampen-Tour machen«, schlug eine Dame mit voluminös toupierten Haaren und etwa einem Kilo Goldschmuck ihr mit hoher Stimme vor. »Das ist gaanz toll«, schwärmte sie. »Da erklärt der Fahrer, welcher Promi wo wohnt. Das weiß man sonst ja gar nicht.«

Beke konnte es nicht fassen. Die alleinreisende Urlauberin, die das erste Mal hier war, hatte anscheinend eine Magnet-Wirkung auf Leute, die sich mehr für die wenigen berühmten Bewohner als für die Insel interessierten. Ob sie ihr mal sagen sollte, dass dies nur eine Seite – und bestimmt nicht die beste – der Insel war? Auf jeden Fall würde sie die besagte Kampen-Tour im Kopf behalten. Aus rein beruflicher Sicht war es für Beke natürlich nicht uninteressant, welche Berühmtheit sich hinter welcher Tür verbarg. Es machte sich bestimmt gut, den einen oder anderen Namen in ihrem Artikel einstreuen zu können. Die Alleinreisende sprang jedenfalls sofort darauf an. »Ich habe gehört, dass man auch Hollywood-Stars treffen kann.«

»Mit etwas Glück bestimmt!«

»Ein Ei?«, fragte ein junges Mädchen, das plötzlich neben Bekes Tisch stand. »Wir hätten Spieschelei oda Rührei oda gekocht«, sagte sie mit deutlichem sächsischen Einschlag.

»Nein, danke«, antwortete Beke nach einer Weile. Wenn sie gut frühstückte, bekäme sie nicht so schnell wieder Hunger. Und Spiegelei aß sie zu Hause nie. Das wäre mal etwas. Oder lieber Rührei? Weil sie sich nicht entscheiden konnte und es ihr peinlich war, die junge Mitarbeiterin länger warten zu lassen, hatte sie abgelehnt. Morgen vielleicht. »Sagen Sie, ich würde gern die alte Inselbahn besichtigen«, begann sie stattdessen. »Das, was davon noch übrig ist, meine ich. Wohin sollte ich da am besten gehen?«

»Och du meine Güde, dovon hob ich keene Ohnung.« Die Sächsin mit den blauen Strähnen im schwarzen Haar war überfordert. »Isch hol mol die Schefin.«

Eine Minute später war die Vermieterin zur Stelle. »Wie kann ich helfen?«

»Ich interessiere mich für die Inselbahn. Wo kann ich denn noch etwas von der alten Trasse sehen?«

»Auf der Karte«, entgegnete die Frau mit unübersehbar irritierter Miene.

»Ich dachte, die ehemalige Bahnstrecke ist heute Radweg«, wandte Beke ein. Sie war schließlich vorbereitet.

»Ja, das stimmt. Und das ist es auch, was sie da sehen. Einen Radweg. Mehr nicht.«

Beke war enttäuscht und skeptisch. Das konnte doch

nicht sein. »Ich denke, es gibt noch Bahnsteige, ein paar Gleise und einen alten Fahrzeugschuppen.«

Die Vermieterin lachte auf. »Nee, da ist nix mehr. Selbst der Schuppen wurde inzwischen abgerissen. Alles weg. Tja, so waren sie, die Aktivisten der grünen Szene«, meinte sie schulterzuckend und ging.

Beke wusste nicht, was sie mit dieser Aussage anfangen sollte. Sie hoffte von Herzen, dass die Frau sich irrte, denn selbst wenn sie ausreichend Informationen sammeln konnte, aus denen sich eine Reportage schreiben ließ, brauchte sie auch Fotos. Sie konnte der Redaktion schlecht nur Dünen, einen Radweg und Kopien alter Aufnahmen anbieten. Egal, Bangemachen gilt nicht. Es würde sich schon etwas finden.

Sie machte sich auf den Weg zum Westerländer Bahnhof, wo die Touristeninformation in einem kleinen gläsernen Pavillon untergebracht war. Die grünen Riesen, überdimensionale Figuren, die schräg auf dem Bahnhofsvorplatz standen, als würden sie sich gegen den Sturm stemmen, leuchteten in der Sonne. Der scharfe Wind des Vortages hatte sich gelegt. Es war sehr warm, und Beke freute sich über jede kleine Brise, die sie erfrischte und nach Salz und Algen duftete. Während sie vor dem kleinen Tresen in der Schlange der Urlauber stand, die Tipps brauchten, einen Inselplan kaufen oder ein Fahrrad leihen wollten, malte sie sich aus, wie sie nach dem Wiederaufbau der alten Bahnstrecke fragen würde. Bestimmt wäre die Mitarbeiterin erstaunt, dass Beke Kenntnis davon hatte. Vielleicht gab es irgendwo schon Pläne, die sie einsehen konnte, oder womöglich sogar ein erstes Schienenstück mit einem Fahrzeug, die auf den Probebetrieb warteten.

Das war natürlich nicht sehr wahrscheinlich, aber man konnte nie wissen. Bekes Laune hätte jedenfalls nicht besser sein können. Sie war zuversichtlich, hier einen guten Job zu machen, und irgendwie hatte sie das Gefühl, damit endlich ihren ganz persönlichen Durchbruch zu schaffen.

»Moin. Ich habe gehört, die Inselbahn soll wieder in Betrieb genommen werden«, hörte sie plötzlich einen Mann sagen. »Zum Teil jedenfalls«, ergänzte er. »Können Sie mir darüber etwas sagen?«

Beke traf der Schlag. So wahnsinnig exklusiv, wie sie geglaubt hatte, waren ihre Informationen offenbar nicht. Na toll, wenn außer ihr noch jemand an der Geschichte dran und auch noch vor Ort war, konnte sie einpacken. Sie betrachtete den Mann und spitzte gleichzeitig die Ohren.

»Da hat Sie aber einer tüchtig verschaukelt«, sagte die Frau hinter dem Tresen lachend. Auf ihren Wangen bildeten sich kleine Grübchen. Sie hatte die dauerhaft gebräunte Haut eines Menschen, der möglichst viel Zeit im Freien verbrachte. »Die Rasende Emma lohnt sich nicht mehr. Leider. Haben ein paar Studenten vor ein paar Jahren noch mal bestätigt. Nee, nee, die wird nicht wieder über die Insel rattern. Beim besten Willen nicht.«

»Ganz sicher?«, hakte der Mann nach, der mit seiner kurzen Hose mit mehreren Taschen daran, dem Marken-Poloshirt und den kostbaren Lederslippern nach Chefredakteur oder zumindest nach Ressortleiter aussah. Der Figur nach zu urteilen würde er gut in eine Sportredaktion passen.

»Absolut! Ich wüsste, wenn das anders wäre.«

»Schade. Aber vielen Dank«, sagte er, drehte sich um

und verließ den Pavillon. Ohne zu überlegen, gab Beke ihren Platz in der Schlange auf und folgte ihm.

»Woher wissen Sie von der Bahn?«, fragte sie ihn. Mit einem Mal wurde ihr bewusst, dass sie den Fremden ziemlich überfallen hatte. Das kam davon, wenn man handelte, ohne nachzudenken. »Entschuldigung«, stammelte sie unbehaglich. »Ich frage nur, weil ich auch davon gehört habe.«

»Ach ja?« Er musterte sie konzentriert mit zusammengekniffenen Augen. »Woher?«

Darauf war sie nicht gefasst. »Hat mir jemand erzählt«, gab sie zurück und hätte sich ohrfeigen können. Ach nee, das war ja eine ganz originelle Erklärung. Immerhin verschaffte die ihr Zeit. »Und Sie?«, fragte sie und war ziemlich stolz auf sich, denn nun war er wieder am Zuge.

»Tja, mir hat das auch jemand erzählt«, erwiderte er und lächelte.

Mist, es würde nicht einfach werden, ihm etwas zu entlocken.

»Sie sind auch Journalist?«, wollte sie wissen. Da war ein kurzes Funkeln in seinen Augen, in seinen sehr lebendigen Augen, wie ihr auffiel. Dann nickte er langsam.

»Ja, ja, das bin ich. Ich wollte über das Projekt schreiben. Wäre doch ziemlich spannend für die Insel.«

»Das wäre eine Sensation«, stimmte sie zu. »Für wen?«

»Was?« Er sah sie verständnislos an.

»Für wen schreiben Sie?«

»Ach so.« Er lachte. »Entschuldigung, ich habe gerade auf dem Schlauch gestanden. Ich dachte, Sie fragen mich, für wen das eine Sensation wäre.« Wieder lachte er. Dann schlug er sich kurz mit der flachen Hand an die Stirn. »Manchmal bin ich aber auch ein Dussel.«

Beke wartete ab, doch er beantwortete ihre Frage nicht. »Und für wen schreiben Sie nun?«, versuchte sie es wieder. Immerhin war das für sie nicht ganz uninteressant. Falls er nämlich für ein Konkurrenzmagazin arbeitete, konnte sie sich, besser gesagt ihre Schwester Birte, das Geld für die weiteren Übernachtungen sparen. »Oder ist das ein Geheimnis?«

»Nein, überhaupt nicht«, versicherte er ihr.

Stille.

»Tageszeitung oder Zeitschrift?«, lockte sie ihn hartnäckig aus der Reserve.

»Tageszeitung«, entgegnete er endlich und sah sie ein wenig unsicher an.

Beke atmete auf. »Schön«, rief sie erleichtert. Keine direkte Konkurrenz also. Immerhin. »Ich arbeite frei. Für Magazine«, ergänzte sie.

»Aha«, sagte er und wirkte unschlüssig. Vielleicht konnte er sich nicht entscheiden, ob er länger mit ihr reden sollte oder nicht. Das konnte sie nachvollziehen. »Tja, wie es aussieht, sind wir beide an der gleichen Sache dran. Da werden wir uns wohl noch öfter über den Weg laufen.« Er streckte ihr die Hand entgegen, eine schlanke gepflegte Hand. Darauf achtete Beke immer. »Ben Jessen«, stellte er sich vor.

»Beke Brodersen. Freut mich.« Sie holte tief Luft. »Nee, um ehrlich zu sein, freut es mich gar nicht, dass Sie auch hinter der Inselbahn her sind.«

Hallig-Leute waren nun einmal geradeheraus. Sie mochte wenig entscheidungsfreudig sein, aber ehrlich und vor allem sehr direkt war sie.

Er stutzte und zog die Augenbrauen hoch. »Warum? Ich wollte die Bahn ja nicht gleich wieder abbauen. Und boykottieren will ich sie auch nicht.« Wieder lachte er. War er wirklich ein Dussel, oder stellte er sich dumm? Sie hatte ihm doch gesagt, dass sie frei arbeitete.

»Ich war der Ansicht, dass kaum jemand etwas über den Wiederaufbau weiß. Je mehr Kollegen eingeweiht sind, desto häufiger wird man in nächster Zeit darüber lesen. Sie wissen doch gut genug, wie das ist. Wenn den Redakteuren, die sich für meine Reportage interessieren, das Thema plötzlich an allen Ecken und Enden ins Auge springt, denken sie, das ist ein alter Hut. Dann bleibe ich auf der Geschichte sitzen. Und auf den Kosten«, murmelte sie leise.

»Ach was, das sehe ich ganz anders. Ich war schon beim Sylt-Kurier. Die haben genauso reagiert wie die Dame von der Touristeninformation. Das heißt, außer uns dürfte kaum jemand Bescheid wissen. Ein Artikel in einer Tageszeitung, der das Interesse der Leser weckt, und kurz danach oder zeitgleich eine große Reportage in einem Reisemagazin, das ist doch ideal.« Er sah sie erwartungsvoll an. »Oder?«

»Ideal ist was anderes«, meinte Beke. »Andererseits … wenn wir tatsächlich die Einzigen sind …« Sie dachte nach. »Wir und der, von dem das Gerücht stammt.«

»Ich habe bei einer Konferenz davon erfahren«, erklärte er.

»Bei der PK in Hamburg?«

»Bei der was?«

»Bei der PK, Pressekonferenz«, sagte sie langsam. Was war denn los mit ihm?

»Ach PK, ich hatte WK verstanden.« Wieder das fröhliche Lachen. »Ja, genau!«

»Da hat mir auch jemand davon erzählt. Zwischen Tür und Angel in der Pause, als ich mir gerade einen Tee geholt habe. Leider war der Typ schon weg, als ich ihn nach Einzelheiten fragen wollte.«

»So war das bei mir auch.« Er nickte eifrig.

»Merkwürdig, oder? Ich meine, von den offiziellen Vertretern der Insel kein Wort, und einer läuft herum und streut dieses Gerücht als heiße Geschichte.«

»Stimmt, merkwürdig.« Er sah sie an. »Oder clever.«

»Wie meinen Sie das?«

»Überlegen Sie doch mal: Was macht eine Geschichte interessanter, ihre Präsentation bei einer Pressekonferenz zwischen zehn anderen Themen oder ein angeblich unter der Hand gezielt weitergegebener Tipp?«

»Ich weiß nicht … Wenn ich eine echte Attraktion zu verkünden habe, dann spreche ich doch so viele Journalisten wie möglich an. Wer auch immer dahintersteckt, könnte doch sicher sein, dass sich alle darauf stürzen.« Er beobachtete sie. »Auf der anderen Seite gehen genau solche Geschichten manches Mal unter, weil alle denken, dass jeder sie aufgreift«, überlegte sie laut.

»Eben!«, stimmte er zu.

Menschen kamen aus dem Bahnhof und zogen Rollkoffer rappelnd hinter sich her. Andere ließen sich vor einem der grünen Riesen oder auf deren Koffern fotografieren. Wieder andere probierten Leihräder aus und machten sich auf den Weg nach Keitum, Hörnum oder List. Und Beke stand mit einem Fremden mitten im Urlaubstrubel, anstatt so schnell wie möglich mit ihrer Arbeit zu beginnen.

Wo sollte sie nur anfangen? Am besten, sie ginge zuerst in eine Buchhandlung oder in die Bibliothek der Insel, um sich mit weiteren Fakten zu versorgen. Zwar hatte sie zu Hause schon ein paar Informationen zusammengetragen, doch hier würde sie bestimmt Details und mit etwas Glück Anekdoten und Kuriositäten finden, die eine Reportage erst richtig bunt machten. Und ganz nebenbei konnte sie sich einen Überblick über Verlage verschaffen, die Sylt-Romane im Programm hatten. Guter Plan.

»Was halten Sie davon, wenn wir uns zusammentun?«, schlug Ben Jessen vor, als sie sich gerade auf den Weg machen wollte.

»Ich weiß nicht, ich wollte eigentlich …« Beke wurde nervös. Es wäre schon gut, wenn sie ihn im Auge behielte. Dann konnte sie von seinen Recherchefähigkeiten profitieren und sicher sein, dass er ihr nie einen Schritt voraus war. Wie er aussah, war er allerdings deutlich besser bei Kasse als sie. Vermutlich hatte er sogar Zugriff auf ein üppiges Spesenkonto. Was, wenn er vorschlug, zusammen essen zu gehen?

»Keine Sorge, ich klaue Ihnen keine Idee und kein Fotomotiv, Beke.« Ihm fiel etwas ein. »Ich könnte Sie fotografieren. Ist doch vielleicht ganz hübsch: Unsere Autorin auf der ehemaligen und zukünftigen Inselbahn-Trasse«, sagte er, als lese er eine Bildunterschrift vor.

»Das wäre nicht schlecht«, gab sie zu.

»Schön. Dann besorge ich uns mal zwei Räder.« Er drehte auf dem Absatz um und machte Anstalten, wieder in den Pavillon der Touristeninformation zu gehen.

»Halt!«

Er wandte sich ihr wieder zu. »Oder haben Sie Ihr Fahrrad hier?«

»Nein.« Nein, du blöde Kuh, ergänzte sie im Stillen. Auf die Idee hättest du wirklich kommen können. »Aber hier am Bahnhof sind die Räder bestimmt besonders teuer. Wir sollten erst mal vergleichen.«

»Ach was!« Er winkte ab. »Das tut sich sicher nicht viel. Wenn wir jetzt noch von einem zum anderen laufen, verlieren wir nur Zeit.«

Weg war er. Beke stand auf dem Bahnhofsvorplatz von Westerland wie der sprichwörtliche begossene Pudel. Die Sonne brannte, obwohl es noch recht früh am Tage war. Zu allem Überfluss hatte sie vergessen, sich einzucremen. Sie würde sich einen fiesen Sonnenbrand holen.

Beke sah, wie Ben Jessen einen Bogen ausfüllte, sein Portemonnaie zückte und bezahlte. Gleich darauf kam er mit der Mitarbeiterin heraus, und die kleine blonde Frau mit dem Zopf schloss ihnen zwei Räder auf.

Beke seufzte. »Wie viel bekommen Sie?«, fragte sie bang.

Er streckte ihr noch einmal die Hand hin. »Wollen wir uns nicht duzen? Ich bin Ben.« Sie zögerte. »Das ist doch so üblich unter Kollegen.«

»Ach ja?«

»Bei uns im Hause auf jeden Fall.«

»Okay, also dann … Beke.«

»Freut mich!« Er sah sie einen Augenblick lächelnd an und schwang sich dann elegant in den Sattel. »Wir müssen erst den Schildern Richtung Flughafen folgen und dann auf den Bahnweg abbiegen«, rief er ihr fröhlich zu und trat auch schon in die Pedale.

Beke hatte Mühe, mit ihm Schritt zu halten. Sie kämpfte, während sie aufstieg, mit dem Gurt ihrer Umhängetasche und dem ihrer Kamera. Dann stopfte sie – während der Fahrt – den Fotoapparat in die Tasche, wobei sie beinahe auf der Straße gelandet wäre. Als Kind war sie häufig freihändig gefahren. Das war natürlich schon ein paar Jährchen her. Mittlerweile fehlte ihr wohl etwas die Übung. Jedenfalls war sie nicht gerade flott unterwegs, und der Abstand zu Ben vergrößerte sich merklich. Wahrscheinlich hatte er alles, was er brauchte, in seinen Hosentaschen, dachte sie. Sehr praktisch!

Der Weg führte zunächst mitten durch Westerland, vorbei an ziemlich belebten Straßen. Beke war ganz froh, einfach nur hinter Ben herradeln zu müssen. Die Tour glich einer Schnitzeljagd, die Beschilderungen waren alles andere als eindeutig. Gut, dass sie nicht auf ihren eigenen Orientierungssinn angewiesen war. Wie sollte man den entwickeln, wenn man auf einer Hallig groß wurde? Sie hatte nicht im mindesten ein blödes Gefühl, Ben als Navi auszunutzen. Es lag ihr allerdings auf dem Magen, dass sie noch nicht einmal wusste, was dieses Fahrrad sie kosten würde. Wenn sie Glück hatte, war es gratis. Die Chancen standen nicht schlecht, dass Ben völlig vergessen würde, ihren Anteil einzufordern. Wäre nicht übel, und es traf bestimmt keinen Armen, sagte sie sich. Doch sofort nagte das schlechte Gewissen an ihr. Konnte sie es wirklich darauf anlegen? Warum eigentlich nicht? Sie hatte ihn deswegen immerhin sofort angesprochen. Selbst schuld, wenn er die Sache nicht gleich erledigte. Wäre doch möglich, dass sie es nun selbst vergessen hatte, nachdem er so abrupt das Thema gewechselt hatte. Beke beschloss, sich keine Gedanken mehr darüber zu machen. Auf zwei Rädern kam sie deutlich weiter als zu Fuß. So konnte sie sich schon mal einen guten Eindruck vom heutigen Zustand der Trasse verschaffen und Bilder machen. Das war das Wichtigste.

Zwischen Heckenrosen, Apfelbäumen und Erika ging es zunächst ein Stück bergauf. Ein angenehm kühlender Wind kam von vorne. Beke war das gewöhnt. Sie hatte sich als Dreikäsehoch immer amüsiert, wenn die Gäste auf Langeneß darüber stöhnten.

»Wieso kommt der Wind hier eigentlich immer von vorn?«, war eine der typischen Touristenfragen gewesen. »Egal, ob man von Süd nach Nord, von West nach Ost oder umgekehrt unterwegs ist, immer kommt der Wind von vorne!«

In Wenningstedt fuhren sie durch Wohngebiete. Ob die mit Heckenrosen bepflanzten Friesenwälle wohl Pflicht waren? Beinahe jedes Haus wurde davon eingerahmt. Sehr hübsch, dachte Beke, gar kein Vergleich mit der Straße in Hamburg, in der sie wohnte. Sie passierten einen Golfclub. Beke konnte nicht nachvollziehen, wie man Golf spielen konnte. Das war doch kein Sport, oder?

Ein Ball flog in hohem Bogen und mit beängstigendem Schwung über den Zaun auf Beke zu. Sie riss instinktiv ihren Lenker nach links, geriet ins Schleudern und konnte sich nur mit Mühe fangen. Beke spürte, wie ihr der Schweiß ausbrach. Meine Güte, schoss es ihr durch den Kopf, Golf ist doch ein Sport. Allerdings nur für arglose Passanten. Leuchtreklame und aufwendig gestaltete Plakate wiesen auf First-Class-Hotels, Gourmet-Restaurants und exklusive 5-Sterne-Appartement-Anlagen hin. Ob Broers Vorurteile doch nicht ganz von der Hand zu weisen waren? Bisher hatte sie immer geglaubt, er müsste diese Insel einfach unsympathisch finden, weil er von der Hallig stammte. Aber jetzt? Nein, der unspektakulär schlichte Leuchtturm von Kampen war alles andere als protzig. Sie schloss ihn sofort in ihr Herz. Und auch die Möwen, die in Massen einen Sportplatz und selbst den Golfplatz besetzten, kreischten so wie überall an der Küste. Frech und liebenswert.

Sie kamen an alten strohgedeckten Backsteinhäusern vorbei, die ahnen ließen, wie bescheiden die früheren Bewohner einmal gelebt hatten. Beke konnte sich gar nicht sattsehen. Sie genoss die einzigartige Atmosphäre einer Insel, noch dazu einer Insel, die der Nordsee trotzte. Ihre Phantasie machte sich selbständig, und sie stellte sich vor, dass ihre Romanheldin jemanden kennenlernte, der in einem dieser zauberhaften Häuschen mit Friesenwall wohnte.

Nach einer Weile entdeckten sie ein Schild, das auf die ehemalige Bahntrasse deutete. Sie folgten der angegebenen Richtung und landeten auf einem Fahrradweg, der sie vor dem Lärm des Autoverkehrs bewahrte und mitten hinein in die Dünenwelt führte. Hin und wieder gab es Hinweistafeln am Wegesrand. Beke und Ben warfen einen Blick darauf, immer in der Hoffnung, etwas über die Rasende Emma zu finden, wie die Inselbahn liebevoll genannt worden war. Aber meistens ging es um Steinzeitgräber, die man unweit entdeckt hatte.

»Auch interessant«, meinte Beke. »Nur leider nicht unser Thema.«

Viel sprachen die beiden nicht miteinander.

Einmal sagte Beke: »Ich habe gelesen, der Zug soll so

langsam gewesen sein, dass junge Leute sich einen Spaß daraus gemacht haben und nebenhergelaufen sind.«

»Und meistens waren sie schneller«, ergänzte Ben und lächelte vergnügt.

»Dann waren die diversen Namen, die man der Bahn gegeben hat, wohl allesamt eher ironisch gemeint. Feuriger Elias oder Dünenexpress …«, sagte sie spöttisch. »Alles Mogelpackungen.«

»Aber bestimmt nicht böse gemeint«, wandte Ben ein. »Wenn die Leute ihre Inselbahn nicht gemocht hätten, dann wären ihnen ganz sicher abwertende Bezeichnungen eingefallen. Lahme Schnecke, Rollendes Verkehrshindernis, etwas in dieser Art. Oder was denkst du?«

»Kann schon sein.« Beke dachte darüber nach, was sie über die Entwicklung des Schienenverkehrs auf Sylt gelesen hatte. Heutzutage rumpelte man komfortabel über den Hindenburgdamm und konnte sogar sein Auto mitnehmen. Oder man kam mit dem Flieger, wenn man es sich leisten konnte.

Am Anfang des zwanzigsten Jahrhunderts war das noch ganz anders gewesen. Wer auf die Insel wollte, musste bitte schön per Schiff über die Nordsee schaukeln. Zwei Verbindungen hatte es vom Festland gegeben, eine nach Munkmarsch, viele Jahre später eine weitere nach Hörnum. Unvorstellbar, dass in den Häfen noch niemand auf Touristen eingestellt war. Die kleinen Buchten mit den einfachen Anlegern gehörten den bunten Fischerbooten. Die Dampfer wurden mehr oder weniger geduldet. Der Fremdenverkehr vergolde den Möwen die Flügel, hieß es vielerorts an der Küste. Dass man mit Begeisterung das Geld der zahlungskräftigen Sommerfrischler nahm, bedeutete keinesfalls, dass man die gleich in sein Herz schloss. Umgekehrt hatten die Gäste es sicher auch nicht leicht, sich auf Anhieb in das Eiland zu verlieben, überlegte Beke. Erst die mehrstündige Überfahrt, den Gestank des Schiffsdiesels in der Nase. Gab es zu der Zeit überhaupt schon Diesel, oder wurden die Kähne mit Kohle betrieben? Egal, angenehm riecht beides nicht. Und das war längst nicht alles. Die Landratten mussten sich an einen Boden gewöhnen, der unter ihren Füßen ständig von oben nach unten und von rechts nach links wackelte. Da war mit Sicherheit so mancher bei seiner Ankunft grün im Gesicht, und ihm war hundeelend. Dann noch in eine Kutsche zu klettern, die über holprige Pisten zur Unterkunft hüpfte, war vermutlich nicht ansatzweise das, was die Leute aus der Stadt sich von ihrem Aufenthalt erhofft hatten.

Der Radweg schwenkte nach links. Sie konnten sich faul rollen lassen, da es eine ganze Weile bergab ging. Zu beiden Seiten der Route hockten strohgedeckte Häuser in der sanften Landschaft. Alte niedliche mit Charakter und neue, die sich glichen wie eine Seeschwalbe der anderen. Davor streckten Sanddornbüsche ihre silbrigen Blätter in den blauen Himmel.

Beke sog die würzige Luft tief in ihre Lungen. Herrlich! Für ihren Geschmack gab es nichts auf der Welt, was besser duftete.

»Ich mache mal kurz ein Bild«, rief sie und brachte ihr Rad zum Stehen. Von hier hatte man wirklich einen großartigen Blick. Überall Heide, Heckenrosen, prachtvolle Häuser, die den typischen Charakter der Insel prägten, und vor ihnen das Meer. Die Nordsee war das schönste Element von allen in dieser Szenerie. Ihr Glitzern musste jeden Juwelier vor Neid erblassen lassen, ihre wechselnden Farben ließen sich mit Palette und Pinsel nur unzureichend wiedergeben.

Beke schoss ein paar Fotos, ganz heimlich auch eins von Ben. Nur so, als Erinnerung.

Dann radelten sie weiter.

In der Kampener Heide, kurz hinter Klappholtal mit seinem Jugendhaus sagte Ben: »Egal, wie oft ich schon hier war, diese Ecke begeistert mich immer wieder aufs Neue.«

»Warst du schon oft auf Sylt?«, fragte Beke. Na klar war er das, gab sie sich selbst die Antwort. Er hat bestimmt Freunde mit eigener Wohnung hier. Wenn er nicht sogar selbst eine besitzt.

»Ein paar Mal«, antwortete er.

Sie betrachtete ihn von der Seite. Er war blond und trug einen Seitenscheitel im kurzen Haar. Seine Haut war leicht gebräunt, aber nicht von Sonne und Wind gegerbt wie etwa bei ihrem Bruder Broer, der bei jedem Wetter draußen war. Beim Ausmisten eines Stalles oder beim Beziehen von Betten konnte sie sich Ben nicht vorstellen. Er passte perfekt in ein Büro mit einem Vorzimmer und Sekretärin. Nach Feierabend spielte er vermutlich Tennis, und am Wochenende ging er segeln, vermutete sie. Auf jeden Fall hatte er ein offenes freundliches Gesicht mit guten Proportionen und nach oben weisenden Mundwinkeln. Ein Miesepeter war er garantiert nicht.

»Wäre eigentlich ganz schön, wenn hier eine Bummelbahn entlangfahren würde«, sagte er und sah sie kurz an. Dann richtete er seinen Blick wieder geradeaus. »Oder was denkst du?«

Er fragte jetzt schon zum wiederholten Mal nach ihrer Meinung, fiel ihr auf. Schön. Viele Menschen, mit denen sie zu tun hatte, wollten nur ihre eigene Ansicht loswerden oder bestenfalls bestätigt werden. Es war selten, dass jemand sich für die Gedanken eines anderen interessierte. Gerade, wenn man sich noch nicht sonderlich gut kannte.

»Ich weiß nicht«, entgegnete sie. »Einerseits wäre es ganz niedlich. Wenn ich an die Bilder von früher denke ... eine Dampflok in den Dünen. Und später diese eigentümlichen Schienenbusse ... das war schon drollig.«

»Und andererseits?«

Sie sah ihn irritiert an, dann verstand sie. »Na ja, andererseits müsste dieser Radweg weichen. Das wäre doch ziemlich schade. Mein Bruder Bjarne trainiert hier manchmal seine Kondition mit dem Mountainbike oder beim Joggen. Und er ist ja nicht gerade der Einzige. Ganz schön viel Betrieb auf der Strecke«, stellte sie fest.

»Stimmt. Alles Leute, die gut zu Fuß sind oder Rad fahren können. Älteren Herrschaften oder solchen mit eingeschränkter Mobilität bleibt die tolle Landschaft aber vorenthalten.«

»Ja, das ist wahr«, stimmte sie zu. Darüber hatte sie noch gar nicht nachgedacht. Zwar gab es wohl einige Parkplätze, von denen kleine Trampelpfade in die Dünen führten, aber das war nicht das Gleiche.

Nach fast zwei Stunden tat Beke ordentlich der Hintern weh. Sie hätte wirklich ihr eigenes Rad mitnehmen sollen. Auf ihrem guten alten Ledersattel schwebte sie geradezu. Auf diesem Plastikdings spürte sie schmerzhaft jede

Unebenheit im Asphalt. Es war sehr warm, ihr ärmelloses Shirt klebte ihr am Rücken. Würde nicht ständig eine leichte Brise vom Wasser herüberwehen, wäre es nicht auszuhalten. Sie kamen an ein Kassenhäuschen mit einer Schranke. Wer mit dem Auto auf den Lister Ellenbogen wollte, musste an dieser Station eine Gebühr bezahlen. Für Radfahrer galt das glücklicherweise nicht. Dafür verwirrte Beke ein Schild mit der Aufschrift »Achtung, Radfahrer! Sie lösen gleich ein akustisches Signal aus.« Na und, was dann? Kam dann jemand aus der Düne gesprungen, um zu kontrollieren, ob man auch sein Gucci-Täschchen dabeihatte? Oder durfte man nur eine begrenzte Zeit auf dem Ellenbogen bleiben? Niemand kam gesprungen, nichts passierte. Ihre Fragen blieben unbeantwortet. Zur Linken tauchte stattdessen nach einigen Metern ein verfallenes Gebäude auf, eine Ruine.

Ohne sich abzusprechen, hielten die beiden an.

»Ob das mal ein Bahnhofsgebäude war?«, überlegte Beke laut.

»Nein, die Strecke führte ja nicht auf den Ellenbogen, sondern über List zum Hafen.«

»Ach ja, stimmt«, murmelte sie. Wie dämlich konnte man denn sein? Als ob sie nicht wüsste, worüber sie schreiben wollte! Dabei hatte sie sich den ehemaligen Trassenverlauf natürlich gründlich angesehen.

Ben schien nicht weiter darüber nachzudenken. »Gar kein ›zu verkaufen‹-Schild«, sagte er leise. »Erstaunlich.«

»Findest du? Guck dir die Bruchbude doch mal an! Also ich würde das nicht einmal geschenkt haben wollen. Wahrscheinlich ist der Besitzer klug genug, das richtig einzuschätzen, und lässt den Schrott abreißen.«

Er nickte ernst. »Schon möglich. Die Lage ist wirklich Gold wert.«

»Aber wahrscheinlich gar nicht verkäuflich«, warf Beke ein, die sich gerade an etwas erinnerte. »Der gesamte Ellenbogen befindet sich doch in Privatbesitz.« Puh, damit hatte sie ihren Patzer wieder herausgerissen, fand sie. Mit der Information hatte sie bewiesen, dass sie ihre Hausaufgaben gemacht hatte. Man konnte nie wissen, zwar war Ben noch nicht so recht mit der Sprache herausgerückt, was seine Position und seinen Arbeitgeber betraf. Es war jedoch mehr als wahrscheinlich, dass er eine leitende Stelle innehatte. Das hieß, dass er auch Aufträge an Freie vergab und – noch besser – Leute einstellte. Sie brauchte ihn nur noch von sich zu überzeugen, dann war die Sache mit einer festen Anstellung endlich in trockenen Tüchern. Für den Fall, dass ihr erster Roman doch nicht gleich einschlagen würde wie eine Bombe … Es war immer gut, einen Plan B zu haben. Mit einem Mal sah Ben sie von der Seite an und verzog das Gesicht. Er konnte doch wohl nicht Gedanken lesen? Ohne ein Wort griff er in eine seiner Hosentaschen und zog eine winzige Tube Sonnencreme heraus.

»Hier, bevor du noch ganz verbrennst«, sagte er und reichte ihr die Lotion. »Deine Haut ist schon ganz rot. Mit der Sonne hier ist nicht zu spaßen.«

Als ob sie das nicht selber wüsste, schließlich war sie an der Nordsee aufgewachsen. Und dann musste sie sich das auch noch von einem Festland-Ei sagen lassen. Peinlich! Wenigstens sah er richtig besorgt aus. Das gefiel ihr.

»Weiß ich, ich habe meine vergessen«, erwiderte sie. »Danke.« Beke nahm so wenig wie möglich von der Creme. Es war eine Marke, die sie sich niemals leisten würde.

»Danke«, sagte sie noch einmal, als sie ihm die kleine Tube zurückgab. Sie beobachtete, wie er sie wieder einsteckte. Sie schien das Einzige zu sein, was er außer seinem Portemonnaie bei sich hatte. Von einem Notizblock war nichts zu sehen, ganz zu schweigen von einer Kamera. Eine Weile betrachteten sie noch das leerstehende Haus. Durch die Öffnungen der ehemaligen Fenster reckten Heckenrosen ihre Triebe nach innen. Ein morbider Anblick, der nicht in die Landschaft passen mochte. Dann nahmen sie das letzte Stück in Angriff.

Sie hatten ihre Räder auf dem Parkplatz am Ende des Ellenbogens angeschlossen. Von hier ging es nur noch zu Fuß weiter. Während sie einen kleinen Kiesweg hinaufstapften, der sich nach wenigen Schritten in weichen Sand verwandelte, sagte Ben: »Jetzt lernst du die Schönen und Reichen von Sylt kennen.«

Sie schlüpfte gerade aus ihren Schuhen und sah fragend zu ihm auf. Von diesem Fleck der Insel hatte sie eigentlich gelesen, er sei sehr ursprünglich und natürlich. Gab es hier ein schickes Restaurant, von dem sie nichts gehört hatte?

»Das da sind die Schönen«, erklärte er und deutete auf den unendlichen Strand, der sich mit einem Mal vor ihnen aufspannte. »Die kleinen Dünengrasinseln im weißen Sand. Und da, die Wellen mit ihren Schaumkrönchen.«

Beke nickte. Sie hatte trotz der Hitze eine Gänsehaut. Schön war gar kein Ausdruck. Es verschlug ihr geradezu die Sprache. »Und die Reichen?«, fragte sie nach einer Weile leise.

»Das sind wir.« Er machte eine Pause. »Und alle anderen, die diesen herrlichen Zipfel der Erde sehen dürfen.«

Er blickte versonnen über das Meer. Recht hatte er! Wieder Gänsehaut, dieses Mal vom Scheitel bis zu den Zehen.

»Es ist phantastisch!«, sagte sie und seufzte. »So ein breiter Strand! Er scheint bis zum Horizont zu gehen.« Als Kind hatte sie immer von so einem Strand geträumt. Sie schüttelte langsam den Kopf und bekam das Dauergrinsen nicht mehr aus dem Gesicht. »Ich kann es nicht fassen.« Sie standen schweigend nebeneinander. »Warum fliegen Leute bloß in die Karibik, wenn sie das hier haben können?«, schwärmte sie. Hatte sie das wirklich gerade über Sylt gesagt? Hatte sie! Und zwar aus tiefster Überzeugung. Wie gut, dass Broer sie nicht hören konnte. Sorry, Bruderherz, aber das hier war immerhin auch die Nordsee, war auch Schleswig-Holstein. Irgendwie gehörte die Insel doch zur Familie, dachte sie. »Mein kleiner Bruder liebt Sylt, besonders die Landschaft hier oben am Ellenbogen. Jetzt verstehe ich, warum.« Sie seufzte erneut.

»Gehen wir ganz an die Spitze«, schlug Ben vor und schlenderte auch schon los. »Warum hast du seine Begeisterung in Frage gestellt?«

»Meine Familie stammt von einer Hallig. Da gehört es eigentlich zum guten Ton, über die Inseln zu lästern.« Sie schmunzelte.

»Du bist auf einer Hallig aufgewachsen?« Beke nickte. »Das ist ja interessant!« Nach einer Sekunde fragte er erstaunt: »Und dann kennst du dich hier nicht aus?«

»Nee, wenn du auf Langeneß lebst, fährst du aufs Festland oder vielleicht noch nach Mallorca.« Sie lachte. »Was willst du auf einem Eiland in der Nordsee? Da kannst du doch gleich zu Hause bleiben. Ich habe mir als Kind, und später als Teenager noch mehr, gewünscht, mal einen Ausflug nach Sylt zu machen. Aber meine Eltern fanden es irgendwie überflüssig, und mein großer Bruder war strikt dagegen. Er würde für nichts auf der Welt auf seine Vorurteile verzichten.« Sie lachte. Bekes Telefon teilte ihr mit leisem Brummen mit, dass sie eine Kurznachricht erhalten hatte. Bestimmt von einem ihrer Geschwister. Vielleicht von Broer. Wenn man vom Teufel sprach …

»Entschuldigung«, sagte sie, während sie das Handy aus der Tasche angelte, »wahrscheinlich wieder ein Redakteur, der etwas will.« Sie drückte auf den Tasten herum, um ihre Nachricht abzurufen. »Manchmal wünschte ich, ich hätte mehr Ruhe, aber über eine gute Auftragslage darf man natürlich nicht klagen«, erklärte sie und bemühte sich um einen leicht erschöpften Tonfall.

»Das ist richtig«, stimmte Ben zu.

Beke las ihre Nachricht und steckte das Telefon eilig weg, bevor Ben womöglich einen Blick darauf werfen konnte. Sie stammte weder von einem ihrer Geschwister noch von einer Redaktion. Es handelte sich lediglich um die Preisinformation eines dänischen Mobilfunkanbieters.

»Jetzt sind wir die nördlichsten Personen Deutschlands«, verkündete Ben, als sie die Spitze erreicht hatten.

Vor ihnen erstreckte sich das Meer, links und rechts nur der blendend helle Strand und die Dünen, auf deren Flanken Strandhafer wuchs. Beke grub die Zehen in den warmen Sand. Genau so musste Urlaub sein! Nur, sie hatte leider keinen Urlaub, schoss es ihr durch den Kopf. Verdammt, was machten sie hier? Ben hatte es doch selbst gesagt: Auf dem Ellenbogen hatte es nie eine Bahn gegeben. Und hier war auch niemand, den man zu diesem Thema befragen konnte.

»Die nördlichsten Personen und die faulsten«, ermahnte sie ihn. »Ich könnte noch ewig weiterlaufen, aber ich fürchte, wir sollten allmählich wieder an die Arbeit denken und zum Hafen radeln.«

»Bist du immer so diszipliniert?«

»Es bleibt einem als Freiberufler nichts anderes übrig. Du hast deinen festen Job und kannst bummeln. Bei mir kommt meistens alles auf einmal. Ohne Disziplin würde ich nicht halb so viele Aufträge schaffen.« So, das reicht, bloß nicht zu dick auftragen. Nachher denkt er noch, du bist fett im Geschäft und kannst ihn ruhig mal zum Essen einladen.

»Klar, das sehe ich ein«, antwortete Ben und bedachte sie mit einem Blick, den sie nicht deuten konnte. »Schade. Also gut, fahren wir zum Hafen.«

An der Mole, wo die Ausflugsdampfer zu den Seehundsbänken und zur Piratenfahrt starteten, traten sich die Urlauber beinahe auf die Füße. Kein Wunder, bei dem perfekten Sommerwetter hielt es niemanden drinnen. Die Plätze der Fischrestaurants, Eisdielen und Schnellimbisse waren restlos besetzt. Meistens lauerten schon Wartende darauf, dass ein Tisch frei wurde. Beke entdeckte die Alleinreisende aus ihrer Pension. Sie hatte gerade ihren Blick auf einen jungen Mann geheftet, der eben von einem Ausflugsdampfer gekommen war, wenn Beke nicht alles täuschte. Sah aus, als hätte er dort gearbeitet. Als er an der Alleinreisenden vorbei wollte, fasste die sich ein Herz und sprach ihn an.

»Entschuldigung, sind Sie nicht der Brad Pitt?«

»Wat?« Er starrte sie an wie eine Erscheinung.

»Ach, natürlich, Sie sprechen ja Englisch.«

»Fesk!«, rief ein beleibter Mann mit blau-weiß gestreiftem Hemd und rotem Halstuch auf Sylterfriesisch. Er stand hinter dem Verkaufstresen einer Fischbrötchen-Bude.

»Wie wäre es?«, fragte Ben und deutete auf die Auslage. »Eine Mittagspause muss trotz aller Disziplin sein, oder?« Bevor sie protestieren konnte, war er schon auf dem Weg.

»Okay«, murmelte sie und trottete hinter ihm her. Fischbrötchen sollte in ihr Budget passen. So herrlich, wie die aussahen und dufteten, hätte Beke ohnehin nicht widerstehen können. Ihr lief schon jetzt das Wasser im Mund zusammen. Und nach den vielen Kilometern auf dem Rad hatte sie sich wohl eine Stärkung verdient, entschied sie. Sie hockten sich auf eine Steinmauer und kauten zufrieden. Köstlich. Anscheinend wussten auch die Möwen, dass es hier den besten Fisch weit und breit gab. Schon nach wenigen Bissen war eine ganze Schar von ihnen da. Die Seevögel hofften auf herunterfallende Krümel.

»Für welche Zeitung arbeitest du?«, fragte Beke ihn unvermittelt.

»Hamburger Abendblatt.«

»Oh! Ist Maike Voss noch im Reise-Ressort?«

»Ja«, entgegnete er knapp. »Und du, für wen schreibst du hauptsächlich?«

Beke zählte alle Magazine auf, für die sie jemals etwas gemacht hatte. Und wenn es auch ein noch so kurzer Artikel gewesen war. Außerdem erwähnte sie beiläufig, dass sie gerade an ihrem ersten Roman arbeitete.

»Nur so zum Spaß«, sagte sie, als sei das keine große Sache.

»Das klingt spannend.« Es entstand eine Pause, in der sie die Möwen beobachteten, die über das Wasser segelten, dann wieder in der Luft standen oder neben ihnen landeten und ungeduldig um sie herumtippelten. »Arbeitest du aus Überzeugung frei, oder hast du nur keine Festanstellung gefunden, die dich gereizt hat?«, wollte Ben wissen.

»Es hat Vorteile, mit mehreren Redaktionen zu tun zu haben«, antwortete sie zögerlich. »Aber es hat natürlich auch Nachteile. Ständig selbst Aufträge akquirieren, Honorare verhandeln, das nervt manchmal. Da hast du es besser.«

»Jede Medaille hat zwei Seiten. Erzähl mal von der Hallig«, forderte er sie auf. »Ich kann mir überhaupt nicht vorstellen, wie man dort lebt.«

»Schön«, antwortete sie fröhlich. »Aber eigentlich gibt es da nicht viel zu erzählen. Leben auf dem Bauernhof, mitten in der Nordsee. Du kennst jeden, jeder kennt dich, alle wissen immer alles voneinander.« Sie sah ihn an. »Mehr als alles«, sagte sie bedeutungsvoll.

Ben lachte.

Sie beschrieb ihm den Alltag in einer so kleinen eingeschworenen Gemeinschaft, die Feste, wie das Biikebrennen, bei dem die Kinder größten Spaß daran hatten, die Erwachsenen mit Ruß zu beschmieren. Und natürlich vom Landunter, das die Hallig-Leute zwang, auf ihrer Warf zu bleiben. Sie erzählte von der schweren Sturmflut, die das Haus ihrer Familie beinahe vollständig zerstört hatte. »Aber die habe ich natürlich nicht selbst erlebt. Gott sei Dank!«

Wieder schwiegen sie eine Weile und sahen dem bunten Treiben zu.

»Und das mit der Feindschaft zwischen Hallig und Sylt?«

»Ach was, alles Vorurteile«, erklärte Beke. »Na ja, nicht ganz. Bei einigen Gästen habe ich das Gefühl, die kommen nur her, um zu zeigen, was sie haben. Oder um zu gucken, was die anderen haben. Sehen und gesehen werden.« Sie rollte mit den Augen. »Nicht mein Ding.«

»Meins auch nicht«, stimmte er ihr zu. »Okay, genug gefaulenzt. Mal sehen, ob wir noch einen alten Materialschuppen entdecken.«

Drei Stunden später stiegen sie einigermaßen enttäuscht wieder auf ihre Räder. Ihre Recherchen waren ein Schlag ins Wasser gewesen. Auf ganzer Linie. Das Einzige, was sie gefunden hatten, war ein Schuppen, der angeblich einmal von der Inselbahn genutzt worden sein sollte. Jetzt diente er als Lager einer Schreinerei. Ein Mann mit einer blauen Arbeitslatzhose über dem nackten Oberkörper hatte ihnen erklärt, sein Chef habe vor vielen Jahren den alten Schuppen von der Gemeinde gekauft, nachdem er schon eine gute Weile leergestanden hatte.

»War zu spät. Der Kasten hat schon bannig gelitten. Muss nu wohl doch demnächst weggerissen werden«, vermutete er. »Wat soll's! Ob der aber mal zur Emma gehört hat, weet ik nich.«

»Und die Inselbahn? Soll die nicht wieder in Betrieb genommen werden?«, fragte Ben.

Der Mann lachte krächzend. »Nee, wer hat dir denn den Käse vertellt? Dat wüsste ich, da wird nix von.« Wieder lachte er, wobei sich eine kleine Speichelfontäne von seinen Lippen löste.

»Schade«, stellte Ben fest. »Angenommen, es wäre kein Käse. Was würden Sie davon halten?«

Beke hatte keine Ahnung, worauf er hinauswollte.

»Nix!«, kam es ohne Zögern zurück. »Wat soll dat bringen?« Er überlegte kurz. Dann fügte er nachdenklich hinzu: »Na ja, andererseits … Wär gar nich blöd, wenn ich's mir recht überlege, wenn die Emma zurückkäme. Bloß, die wollen doch heute alle mit'm Auto über die Insel düsen. Würd doch keiner so'nen trödeligen Zuch nehmen. Eigentlich 'n büschen schade. Könnte ganz kommod sein«, meinte er und rieb sich das fleischige Kinn.

Im Bürgerbüro von List, einer Außenstelle der Inselverwaltung ernteten sie nur Schulterzucken. Eine Dame, die sich ständig Luft zufächelte, hatte von einer Renaissance noch nichts gehört und hatte keinen Schimmer, wen sie fragen sollte. Ihrem Kollegen, der sich größte Mühe gegeben hatte, die beiden auf der Stelle abzuwimmeln, war wenigstens noch eingefallen, dass der ehemalige Bahnschuppen nicht an eine Schreinerei, sondern an einen bekannten Fischhändler verkauft worden war. An die Eisenbahn würde dort aber nichts mehr erinnern, erklärte er ihnen.

»Ich glaube, ich werde morgen in Westerland im Rathaus fragen. Und ich gehe erst wieder weg, wenn ich eine Auskunft habe, mit der etwas anzufangen ist. Und dann werde ich diesen Fisch-Höker anrufen, dem der Schuppen gehört. Irgendjemand muss doch etwas wissen«, sagte Beke frustriert.

»Und ich?«, fragte Ben, der neben ihr radelte. »Habe ich mich schlecht benommen, dass du mich nicht mehr dabeihaben willst?«

»Quatsch.« Im Gegenteil, dachte sie. Er war echt sympathisch, und seine Sonnencreme hatte sie gerettet. Zu zweit machte es viel mehr Spaß, auf die Suche nach der Rasenden Emma zu gehen.

»Dann treffen wir uns morgen wieder?«

»Okay, warum nicht?«, erwiderte sie beiläufig. Innerlich jubelte sie vor Freude.

»Und jetzt lade ich dich zum Abendessen ein.«

»Ich habe gar keinen richtigen Hunger«, flunkerte sie, um Zeit zu gewinnen. Das Angebot war total verlockend und etwas ganz anderes, als sich Obst und Knäckebrot aus dem Supermarkt zu holen. Auf der anderen Seite musste sie ein bisschen aufpassen. Am Ende dachte er noch, sie ließ sich leicht abschleppen.

»Das war gelogen. Ich höre deinen Magen bis hier«, sagte er und sah sie so lange an, dass sie schon fürchtete, er würde vom Radweg abkommen und mitten in einer Heckenrose landen. Super, nicht genug, dass es mit ihrer Ehrlichkeit vorbei war, weil Ben sie irgendwie nervös machte, sie schummelte auch noch so schlecht, dass sie sofort erwischt wurde. Beke zögerte. »Keine Widerrede«, meinte er sehr souverän und bog kurz hinter der Uwedüne in Richtung Leuchtfeuer Rotes Kliff ab.

»Wo willst du denn hin?«, rief Beke, die mit dem Abbiegemanöver nicht gerechnet hatte und sich nun bemühen musste, hinter ihm herzukommen.

»In die Küche. Mein Kühlschrank ist voll, und ich habe keine Lust, essen zu gehen. Ich koche uns was.«

»Dein Kühlschrank?« Er lebte doch nicht etwa hier auf der Insel?

Hastig fügte er hinzu: »Ich wohne im Haus eines Freundes. Ist nicht weit von hier.«

Na klar, hätte sie sich doch denken können. Bestimmt

irgendein Chefredakteur-Freund. Die haben natürlich ein Ferienhaus auf Sylt. Korrigiere, ein exklusives Feriendomizil unter Reet. Genau das war es.

Beke schnappte nach Luft. Sie war ihm brav gefolgt. Ben hatte eine klare Entscheidung getroffen, wie sie es von ihren Geschwistern kannte. Warum also hätte sie mit ihm diskutieren oder sich länger zieren sollen? Als sie nun aber vor einem Anwesen am Ende der Straße hielten, war sie hin- und hergerissen. Es reizte sie höllisch, einmal ein solches Haus von innen zu sehen. Aber konnte sie sich wirklich in die Villa eines Fremden einladen lassen? Was dachte Ben von ihr, wenn sie mit ihm ging, obwohl sie sich nicht einmal kannten?

Sie unternahm einen zaghaften Versuch: »Mir fällt gerade ein, dass wir die Räder bis achtzehn Uhr abgeben müssen, oder? Dann ist das vielleicht doch keine so gute Idee.«

Ben winkte ab. »Kein Problem, ich gebe dir die Nummer. Du kannst beim Verleiher anrufen, während ich koche. Ist doch praktisch«, stellte er fröhlich fest und hielt ihr die weiße geschwungene Holzpforte auf, »dann haben wir die Fahrräder gleich für morgen.«

Er lief den Kopfsteinpflasterweg zum Haus hinauf. Haus war nicht der richtige Ausdruck. Der weiße zweistöckige Bau mit dem Reetdach war in Bekes Augen ein Schloss. Ein absolut zauberhaftes noch dazu.

»Ich wollte nicht gleich hier übernachten«, wandte Beke ein, ließ es jedoch zu, dass er die Räder unter einem ebenfalls mit Reet gedeckten Doppel-Carport parkte.

»So war das auch nicht gemeint.« Er kramte den Hausschlüssel hervor. »Es ist doch lange hell, und zur Not ist an deinem Fahrrad eine Lampe, wenn mich nicht alles täuscht.«

Der großzügige Flur verschlug Beke den Atem. Schloss! Aber ganz ohne Prunk oder kühle Eleganz. Die liebevolle Einrichtung, die sich ihr präsentierte, strahlte Behaglichkeit aus. Rote Natursteinfliesen wirkten, als hätten sie hier bereits gelegen, bevor das Haus daraufgesetzt wurde. An der Wand hingen eine Seekarte und Pläne einer Segelyacht. Die Garderobe bestand aus Treibholz, das jemand grob abgeschmirgelt und weiß gestrichen hatte.

Ben hatte die Slipper sofort in die Ecke gestellt, also zog auch Beke ihre Schuhe aus.

»Musst du nicht«, sagte er und ging vorweg in den Wohnbereich. Der Fußboden blieb überall der gleiche. Absoluter Mittelpunkt des Wohnzimmers war das riesige bogenförmige Fenster, das den Blick auf grüne Wiesen und das Watt frei gab. Gegenüber stand ein cremefarbenes Sofa in U-Form mit überdimensionalen Kissen, das ausgesprochen gemütlich aussah. Als Couchtisch diente eine alte aufgearbeitete Truhe mit Walfängermotiven. Der Buckel eines Wals inmitten tosender See, dahinter ein Schiff mit geblähten Segeln, auf dem die unerschrockenen Männer aufgeregt auf ihre Beute deuteten. Einer hatte eine Harpune in der Hand. Er holte gerade weit aus, Entschlossenheit im Blick. Das bildete Beke sich zumindest ein.

»Setz dich, fühl dich wie zu Hause«, rief Ben ihr zu und ging in die offene Küche. Weiße moderne Schränke mit integrierter LED-Beleuchtung, eine Kochinsel mit einer Dunstabzugshaube darüber, die er in diesem Augenblick per Fernbedienung von der Decke herabließ. Gegenüber ein Tresen mit weißen Barhockern, deren Sitzflächen wellenförmige Schalen waren.

Bestimmt bequem, ging Beke durch den Kopf. Sie fühlte sich wie Aschenputtel bei dem Fest im Königsschloss. Wie endete das Märchen noch?, überlegte sie. Enden Märchen nicht immer gut?

Ben griff in die Hosentasche und reichte ihr den Schein des Fahrradverleihs. Beke rutschte auf einen der Hocker. Ja, sehr bequem! Während sie die Nummer wählte, plagte sie wieder ihr Gewissen. Acht Euro kostete ein Rad am Tag. Kein Vermögen, sie würde ihm gleich die Summe für beide Tage in die Hand drücken, beschloss sie. Heute sparte sie immerhin das Abendessen, und morgen würde sie auf ihren Obst-Knäckebrot-Plan zurückkommen.

Sie aßen an dem alten Eichentisch, dessen Platte zwar poliert war, aber deutliche charmante Gebrauchsspuren aufwies. Ben hatte routiniert frischen Lachs gebraten, aus Tomaten und Paprika einen Salat zubereitet, der herrlich nach Oregano und einem Hauch Knoblauch duftete, und Reis dazu gekocht. Er stand nicht selten am Herd. Entweder war er der Koch im Hause, oder er lebte allein. Sie hatte unauffällig auf seine Hände geschielt, einen Ring trug er nicht. Aber das hatte heutzutage nicht mehr viel zu bedeuten.

»Es schmeckt umwerfend«, lobte Beke aufrichtig. »Lass mich raten, du bist Leiter des Kochressorts. Oder, nein, du hast nebenbei einen eigenen Kochbuchverlag oder schreibst Kochbücher oder so.«

»Nein, ich habe keine Ahnung von irgendwelchen Küchentricks, aber für den Hausgebrauch reicht's. Freut mich, dass es dir schmeckt.«

Tiefstapler!

Nachdem er abgeräumt hatte, gab es stilecht rote Grütze mit Vanillesoße. Beke hatte das Gefühl, im nächsten Augenblick zu platzen.

»Du hast also einen kleinen Bruder?«, wollte Ben wissen. Sie nickte. »Dann muss es auch einen großen Bruder geben, richtig?«

»Sehr gut kombiniert.« Beke erzählte, dass sie außerdem noch drei Schwestern hatte. »Börke ist die Älteste. Sie wohnt in Schleswig. Dann kommt Bigga. Sie hat einen Schwaben geheiratet und ist mit ihm nach Süddeutschland gezogen.« Beke rümpfte verständnislos die Nase. »Keine Ahnung, wie sie das aushält.«

»Da gibt es sicher Seen und Berge. Ist doch schön.«

»Ja, stimmt. Mir gefällt's da auch ... als Besucherin. Leben möchte ich da nicht. Ist einfach zu weit weg von der Nordsee.«

»Wo lebst du?«

»In Hamburg.«

»Auch nicht gerade um die Ecke.«

»Stimmt, ist ein Kompromiss wegen der Arbeit. Weiter weg würde ich aber auch nicht gehen«, gab sie zu.

»Okay, fehlt noch deine dritte Schwester.« Sehr aufmerksam, bemerkte Beke.

»Das ist Birte. Sie lebt mit ihrer Familie in einem schnuckeligen Altstadthaus in Lübeck. Mein ältester Bruder Broer hat den Hof meiner Eltern übernommen. Er ist der Einzige von uns, der noch auf der Hallig lebt.«

»Und deine Eltern?«

»Sie haben sich rechtzeitig in eine Senioren-Wohnanlage bei Flensburg eingemietet. Ich war total von den Socken. Hätte nie gedacht, dass sie freiwillig von Langeneß weggehen. Ich war absolut sicher, man müsste sie mit den Füßen voran von ihrer Hallig schleppen. Aber nein, sie hatten sich das schon mit Anfang sechzig ausgedacht. Ist bequemer für uns und für euch, haben sie uns Kindern damals verkündet. Stimmt auch irgendwie.« Sie nahm einen Schluck Wasser und hing ihren Gedanken nach.

»Und dein jüngster Bruder lebt auf Sylt?« Bevor sie antworten konnte, sagte er: »Lass mich raten, sein Name fängt auch mit B an.«

»Sehr originell, oder? Bjarne lebt überall und nirgends. Er ist Surf-Profi.« Sie zog die Augenbrauen hoch. »Nun kennst du uns alle. Meine Mutter heißt übrigens Birgit. Birgit Brodersen, BB. Meine Eltern fanden es witzig, dass wir Kinder alle die gleichen Initialen haben.«

»Gefällt mir. Vor allem, weil ich perfekt zu euch passe. Sollte ich mich entschließen, dich zu heiraten, müsste ich allerdings deinen Namen annehmen, habe ich recht?«

Sie lachte. »Auf jeden Fall. Ben Brodersen, ja, das klingt gut«, stellte sie zufrieden fest. Charmanter Gedanke. Und ein äußerst charmantes Lächeln.

In diesem Moment freute Beke sich wie verrückt, dass sie nach Sylt gefahren war.

Draußen ging die Sonne allmählich unter und färbte den Himmel rosa. Sie wurde sich der angenehmen Umgebung und seiner Nähe mit einem Mal sehr bewusst. Und ihr wurde bewusst, dass sie einfach dasaßen und einander ansahen.

»Jetzt bist du an der Reihe. Hast du Geschwister?«

»Leider nicht.«

»Soll ich dir eins abgeben?«

»Das wäre sehr nett. Wenn du eines entbehren könntest …«

»Klar«, meinte sie gönnerhaft. »Hättest du gerne einen Bruder oder eine Schwester?«

»Ich nehme eine Schwester«, entgegnete er, ohne nachzudenken. »Habe ich mir immer gewünscht. Außerdem hast du davon mehr.«

»Stimmt, sehr rücksichtsvoll.«

Als Beke nach Westerland zurückfuhr, war es beinahe dunkel. Nur noch ein kaum wahrnehmbarer blauer Streifen lag über der Schwärze des Himmels. Vermutlich würde dieses letzte Schimmern nahtlos in den nächsten Tag übergehen. Beke fielen die weißen Nächte ein, die man im Norden von Sylt besonders gut sehen konnte. In den Tagen um die Sommersonnenwende versteckte sich die Sonne nachts nur knapp hinter dem Horizont. So gab es nur wenige Stunden, in denen es wirklich dunkel war. In der Dämmerungszeit lag ein Silberstreif über dem Horizont. Dieses Phänomen musste im Norden der Insel besonders ausgeprägt sein, dachte sie. Auf Langeneß hatte man oft davon gehört. Da die Hallig aber deutlich südlicher lag als Sylt, war sie dort nicht in den Genuss gekommen.

Das durften Ben und sie sich auf keinen Fall entgehen lassen.

Was hatte sie da gerade gedacht? Nun bleib mal auf dem Teppich, Beke! Nur weil er dich einmal zum Essen eingeladen und für dich gekocht hat und ihr auch morgen zusammen arbeiten wollt, heißt das noch lange nicht, dass er mit dir einen Abend irgendwo an einem lauschigen Plätzchen in den Dünen verbringen würde.

Je länger sie darüber nachdachte, desto realistischer erschien es ihr dann doch. Immerhin kannten sie sich gerade einen Tag, und er hatte sie schon zum Essen eingeladen, für sie in der Küche gestanden, und sie würden morgen wieder gemeinsam losziehen.

Beke strahlte. Übermütig betätigte sie die am Lenker ihres Rades angebrachte Hupe und brachte damit zwei Nachtschwärmer, die Arm in Arm unterwegs waren, dazu, zur Seite zu hüpfen. Im Geist ging sie die Gespräche noch einmal durch, die sie mit Ben gehabt hatte.

»Ihr Hallig-Menschen seid ganz schön intolerant«, hatte er ihr vorgeworfen. »Manche Leute haben hart für ihren Wohlstand gearbeitet. Und nicht jeder, der Immobilien und Geldanlagen besitzt, ist automatisch arrogant und eine charakterliche Null.«

»Brauchst du mir nicht zu sagen«, hatte sie sich verteidigt. »Außerdem: Glaub bloß nicht, dass die Lästereien nicht auf Gegenseitigkeit beruhen. Über uns heißt es auf den Inseln, wir stammen alle von einer Familie ab und kommen in der richtigen Welt nicht klar. Wir verlaufen uns sogar im kleinsten Kaufhaus, sagt man.«

Beke fuhr die letzten Meter zu der kleinen Gasse, die von der Friedrichstraße abging. Sie schloss ihr Fahrrad vor der Pension an und bummelte durch die Fußgängerzone, in der noch immer Betrieb war. Ausgelassene Urlauber saßen an kleinen runden Tischen mit Windlichtern darauf. Pärchen himmelten sich über flackernde Kerzen hinweg an. Die Luft duftete dezent nach einer Mischung aus Salz, Fisch und Wein. Sie war weich wie die Berührung eines Seidentuchs. Beke ging die Treppe zur Strandpromenade hinab. Eine leichte Böe zerzauste ihr kinnlanges braunes

Haar. Sie betrachtete die Silhouette der Strandkörbe, die vom Betrieb des Tages ausruhten. Beke hielt ihr Gesicht in den Wind und schloss die Augen. Sie konzentrierte sich auf das Rauschen der Wellen. In der Ferne hörte sie helles Lachen. Sonst nichts. Nur Wellen, Wind und Fröhlichkeit. Konnte es etwas Schöneres geben? Sie dachte an Bens offenes Gesicht, an sein Interesse an ihrem Leben, an seine Gastgeberqualitäten und das wunderbare Haus, in dem sie sich nicht wie ein Eindringling gefühlt hatte, sondern wie ein gerngesehener Gast. Besser noch, sie hatte sich wirklich zu Hause gefühlt. Es wäre nett, nach diesem wundervollen Abend und dem guten Essen dort zu übernachten. Stattdessen machte sie sich auf das Schnarchen des Nachbarn und das Tropfen der Dusche gefasst. Nicht zu vergessen der romantische Blick auf diverse zermatschte Mücken, die im wilden Muster die Wände ihres Zimmers zierten.

Enthüllung

Beke wurde von einem fiesen Krachen geweckt. Metall, das auf Metall traf, dazu das Quietschen von Reifen. Dann ein schrilles Kratzen, das Schlagen einer Autotür, Stöckelschuhe auf Kopfsteinpflaster und gleich darauf ein noch schrilleres Gezeter. Direkt vor der Pension musste es einen Unfall gegeben haben. Nur Blechschaden vermutlich, aber es reichte, um Beke unsanft aus ihren Träumen zu befördern. Das Ganze war so laut, als spiele sich die Szene in ihrem Kämmerchen ab. Beke hatte bei offenem Fenster geschlafen, aber wahrscheinlich wäre das Spektakel auch bei geschlossenen Fenstern nur unerheblich leiser gewesen, so hellhörig wie hier alles war.

Sie blinzelte nach ihrer Uhr. Viertel vor sieben. Viel zu früh. Egal, hatte sie eben etwas mehr Zeit für das Frühstück. Außerdem konnte sie sowieso nicht mehr schlafen, denn der weibliche Teil einer Mückenfamilie hatte beschlossen, bei ihr einen Snack einzunehmen.

Tut mir leid, Mädels, dachte Beke, bei mir bleibt heute die Küche kalt.

Zwei Stunden später stand sie auf dem Bahnhofsvorplatz und wartete auf Ben. Sie freute sich auf ihn. Ob sie in Kontakt blieben und sich sogar in Hamburg wiedersehen würden? Wohl kaum. Auf der Insel war sie eine nette Gesellschaft, besser als nichts. Zu Hause hatte er mit Sicherheit einen großen Freundes- und Kollegenkreis.

»Guten Morgen«, rief er schon von weitem und schenkte ihr ein umwerfendes Lächeln.

»Moin«, rief sie zurück.

Sie hatte von ihm geträumt, irgendetwas Romantisches, an Details konnte sie sich nicht erinnern, was sie bedauerte. War aber vielleicht besser so. Beruhigt stellte sie fest, dass es weder der Traum noch der Ausklang des gestrigen Tages waren, die sie ihn mit verklärtem Blick sehen ließen. Er war auch bei gleißend hellem Sonnenlicht ausgesprochen attraktiv und hatte eine angenehme Ausstrahlung.

»Ich habe uns einen Termin im Rathaus gemacht. Ich hoffe, das ist dir recht. Da gibt es einen Herrn Gleiser, der für Verkehrsangelegenheiten zuständig ist.« Er schmunzelte. »Nomen est omen.«

»Na, das hört sich doch gut an. Westerland wäre mit Sicherheit Knotenpunkt der Inselbahn. Wenn Herr Gleiser nichts weiß, dann hat uns echt jemand ziemlich veräppelt.«

»Eben.«

Der Weg vom Bahnhof zum Rathaus war nicht weit. Schweigend schoben sie ihre Räder durch kleine und größere Urlaubergrüppchen. Eltern mit Schwimmring, Eimerchen, aus denen Schaufel, Sieb und Förmchen lugten, mit prall gefüllten Umhängetaschen und ihren mit Sonnenhut oder Kopftuch ausgerüsteten Kindern waren schon erledigt, bevor sie den Strand überhaupt erreicht hatten.

»Ich denke, du hast die Kurkarte«, schnauzte gerade ein Mann seine Frau an. Er hatte offensichtlich am Vortag bereits zu viel Sonne abbekommen. Seine Haut war krebsrot, ihm lief der Schweiß.

»Ja, klar, ich bin schuld«, giftete sie zurück. »Du hattest die Karten gestern. Woher soll ich wissen, dass ich heute daran denken muss?«

»Ich hatte sie gestern? Ey, so ein Scheiß.«

»Scheiß sagt man nicht«, meldete sich das kleine Mädchen zu Wort, das neben ihnen herhüpfte. Im selben Moment fing das Kleinkind, das die Frau im Wagen schob, an zu schreien. Allmählich ging das Zetern der beiden in fröhlicheren Gesprächen und dem Rauschen vorbeifahrender Autos unter.

»Heute habe ich mich eingecremt«, sagte Beke, weil sie das Gefühl hatte, etwas sagen zu müssen.

»Gut«, entgegnete Ben und bedachte sie mit einem Blick, in dem so viel Wärme lag, dass sie zur Abkühlung am liebsten eine Runde in der Nordsee geschwommen wäre.

»Guten Tag, Herr Gleiser. Vielen Dank, dass Sie sich so kurzfristig Zeit für uns nehmen.« Ben reichte dem Verwaltungsmitarbeiter die Hand und machte Beke mit ihm bekannt.

»Kein Problem, Herr Jessen. Nur fürchte ich, dass ich Ihnen nicht viel helfen kann. Um ehrlich zu sein, hoffe ich eher, dass Sie mir helfen können.« Wie bitte? Was war denn das jetzt für eine Nummer? Beke verstand gar nichts mehr.

Ben ging es anscheinend genauso. »Am Telefon sagten Sie heute Morgen doch, Sie wüssten, wovon ich spreche, und würden sehr gerne mit uns darüber reden.«

»Ist auch so. Bitte, setzen Sie sich doch.« Er nahm seinen Platz ein und wies mit einer Hand auf die beiden Stühle auf der anderen Seite des Schreibtisches. Beke tupfte sich verstohlen Schweiß von der Stirn. Es war entsetzlich stickig in dem kleinen Büro. Sie warf dem Fenster einen sehnsüchtigen Blick zu, hinter dem der herrlich frische Nordseewind unerreichbar war.

»Ich kann es leider nicht öffnen«, erklärte Gleiser, der ihren Blick richtig gedeutet hatte. »Ist zu laut. Gerade wenn draußen Flohmarkt ist.« Er blickte kurz auf seine Hände und sah gleich darauf erst Beke und dann Ben direkt in die Augen. »Nun mal heraus mit der Sprache«, begann er. »Wer hat Ihnen von dem Projekt erzählt?«

»Wir haben während einer Pressekonferenz davon gehört«, antwortete Ben, sichtlich irritiert von dem strengen Ton. »Während der PK in Hamburg«, fügte er hinzu.

»Aber nicht von unseren Touristikern«, warf Gleiser ein und runzelte ungläubig die Stirn.

»Nein, von einem Herrn, der leider verschwunden war, bevor wir ihn nach Einzelheiten fragen konnten.« Beke war froh, nicht reden zu müssen. Sie hatte erstens nicht mit der Frage gerechnet. Zweitens klang die Geschichte selbst für ihre Ohren so merkwürdig, dass sie in diesem Augenblick an ihrem Entschluss herzukommen und an ihrem Verstand zweifelte.

»Ich frage nur, weil ich nun schon mehrfach etwas habe munkeln hören. Und das gefällt mir nicht. Das gefällt mir ganz und gar nicht.«

»Warum, wo ist das Problem?«, wollte Ben wissen.

»Das Problem ist, dass nichts dran ist an der Geschichte. Trotzdem wird irgendjemand nicht müde, dieses Ammenmärchen zu verbreiten. Bisher glücklicherweise eher unter Fremden. Wissen Sie, was hier los ist, wenn die Sylter davon Wind bekommen und glauben, dass da wirklich etwas im Busch ist?«

»Wäre doch nicht schlimm«, meinte Beke. Sie zuckte mit den Achseln und tupfte sich die Oberlippe trocken. Ein Schweißtropfen lief ihr gerade den Rücken herunter. Wie gerne wäre sie gegangen. Das hier brachte doch ohnehin nichts. Sie waren einer falschen Fährte gefolgt. Punkt. Ende der Geschichte. Am besten, sie legte sich noch für eine Stunde an den Strand, kühlte sich in der Nordsee ab und nahm anschließend den nächsten Zug nach Hamburg.

»Junge Dame, Sie haben ja keine Ahnung.« Beke freute sich über die junge Dame. Leider das einzig charmante an seiner Aussage. »Vor ein paar Jahren, das müssen inzwischen wohl schon vierzehn oder fünfzehn Jahre sein, haben zwei Studenten die Kosten für die Wiederaufnahme berechnet. Ein paar Jahre später wurde von einem Planungsbüro eine Studie erstellt, die ebenfalls untersucht hat, ob sich eine erneute Inbetriebnahme einer Inselbahn für Sylt lohnt.«

»Ich weiß.« Von wegen keine Ahnung. Sie hatte alles gelesen, was sie hatte kriegen können.

»Aber Sie wissen nicht, was das ausgelöst hat.« Gleiser lehnte sich zurück und knetete die Hände. Ihm schien die Erinnerung selbst jetzt noch Unbehagen zu bereiten. »Die einen kamen angerannt und wollten Haltestellen für ihr Restaurant beantragen, andere hatten gleich ihre ganz eigenen Vorstellungen vom Streckenverlauf und glaubten, sie könnten Einfluss darauf nehmen. Und dann gab es natürlich die Gegner. Es hätte nicht viel gefehlt, und wir hätten hier eine Bürgerinitiative zum Erhalt des Rad- und Wanderweges gehabt. Vorsorgliche Sitzblockaden an vermeintlichen Gleisbaustellen inklusive.«

»Und was hat überwogen?«, wollte Ben wissen und sah ihn aufmerksam an.

»Ich glaube, die Gegner waren in der Überzahl. Hat sich dann ja sowieso bestätigt, dass es nicht lohnt. Allein über zwanzig Millionen für neue Fahrzeuge! Mit Sicherheit würde die Summe heute noch höher liegen.« Er schüttelte den Kopf. Gleiser hätte zu den Gegnern gehört, das war nicht zu übersehen.

»Ich dachte, Geld ist auf Sylt kein Problem«, gab Beke zu bedenken.

»Wer hat Ihnen denn den Floh ins Ohr gesetzt? Nee, wir drucken das hier auch nicht selbst. Da müsste sich schon ein zahlungskräftiger Investor finden.«

»Und wenn das so wäre?«, hakte Ben ein. »Wenn die Finanzierung gesichert wäre … Ich meine, ohne die Gemeindekasse zu belasten, wie wäre dann die Meinung im Rathaus?«

Gleiser kniff die Augen zusammen. »Kennen Sie Politiker, die sich in einer Sache alle einig sind?« Ben lächelte. »Eben! Das ist hier nicht anders. Einige könnten sich schon dafür erwärmen, und für andere kommt das nicht in Frage.«

»Sie sind verkehrspolitisch kompetent. Was würden Sie sagen?«

Beke hatte keinen Schimmer, worauf Ben hinauswollte. Sie interessierte sich jedenfalls nicht für Gleisers persönliche Meinung.

Der schüttelte langsam und mit Nachdruck den Kopf.

»Keine Chance. Wozu auch? Die Gäste, die zu uns kommen, wollen keine Bimmelbahn wie auf Rügen. Die wollen mit dem eigenen Auto mobil sein. Das Straßennetz ist prima. Und für die anderen gibt es gute Busverbindungen. Von Westerland nach List geht's mindestens im Stundentakt, meistens sogar alle fünfzehn bis zwanzig Minuten. Von Westerland nach Hörnum sieht es ähnlich aus. Und dann haben wir noch die Linien drei und vier, die den Osten anbinden. Nee, ein Schienennetz brauchen wir hier nicht. Außer natürlich unsere Verbindung zum Festland.«

»Tja, dann können wir uns wohl wieder auf den Weg machen«, schlug Beke vor und machte Anstalten, sich zu erheben. Sie trug eine kurze Hose. Zwischen ihren nackten Schenkeln und der Sitzfläche aus Plastik hatte sich ein schmieriger Film gebildet. Sie war nicht sicher, ob es beim Aufstehen ein lautes schmatzendes Geräusch geben oder ob der Stuhl an ihren Beinen kleben bleiben würde.

»Nichts für ungut.« Gleiser erhob sich. Zögerlich stand auch Ben auf. Bei ihm gab es kein peinliches Geräusch, also riskierte Beke es auch. »Falls der Herr, von dem Sie die Information haben, sich noch einmal an Sie wenden sollte, wäre ich Ihnen sehr dankbar, wenn Sie mich unterrichten könnten.«

Falls der Herr sich noch einmal bei ihr melden würde, könnte Beke für nichts garantieren. Sie würde ihm gehörig den Marsch blasen.

»Sie hatten nach noch sichtbaren Fragmenten der alten Bahn gefragt«, wandte Gleiser sich noch einmal an Ben. »In List gibt es noch einen Schuppen. Da lagern jetzt Tische und Bänke, Gastronomiezubehör. Was interessiert Sie bloß an dem alten Kram?«

»Okay, das war's dann wohl«, sagte Beke traurig, als sie wenige Minuten später wieder zu ihren Rädern gingen, die vor dem Rathaus auf sie warteten. »Wenn der nichts weiß …«

Im Park vor dem weißen Gebäude mit seinen Türmchen, in dem auch eine Galerie und das Casino untergebracht waren, herrschte reger Betrieb. Ein Straßenkünstler zeigte Kunststücke mit einem Jo-Jo, auf einer Bank saßen zwei Mädchen und aßen Eis, eine Frau schob einen Kinderwagen und telefonierte gleichzeitig. Die perfekte Urlaubsidylle, in der Beke nichts mehr zu suchen hatte.

»Du willst doch nicht aufgeben.«

»… sagte Sancho Pansa zu Don Quijote.« Beke schnaufte. »Nein, das hier hat keinen Zweck mehr. Unser Aufhänger ist weggebrochen.«

»Was?« Ben sah sie verständnislos an.

Sie zuckte mit den Schultern. »Na ja, der Aufhänger für die Sylt-Geschichte ist – oder besser war –, dass die alte Bahnstrecke wieder in Betrieb genommen wird. Kein Aufhänger, keine Geschichte, kein Artikel«, murmelte sie. »Zu allem Überfluss hatte dieser Gleiser irgendwie recht, wir haben uns zu sehr auf die alte Strecke konzentriert.«

»Aber das gehört doch dazu. Und die alte Strecke wird auch die neue. Davon gehe ich jedenfalls aus. Es gibt keine Alternative«, sagte er ein wenig hastig.

»Falsch«, fauchte Beke giftig. »Es gibt keine Bahn.«

»Könnte man denn nicht einen anderen Dings finden?«

»Aufhänger«, gab Beke ganz automatisch zurück.

»Genau! Sylt mit den Augen der Rasenden Emma. Du könntest wirklich die Perspektive einer hübschen alten

Dampflok einnehmen, von früher erzählen, dir vorstellen, wie es wäre, wieder über die Insel zu schnaufen. Und sozusagen ganz nebenbei erfährt dein Leser, wie er Sylt mit dem Fahrrad erkunden kann, wo er Rast machen, etwas essen oder trinken und was er sich ansehen kann.«

Sie sah ihn lange an. Eine schöne Idee. »Was hast du zu verlieren?« Frag lieber, was meine Schwester Birte zu verlieren hat, dachte sie. Siebenundvierzig Euro die Nacht plus Spesen!

»Und was ist mit deinen Lesern? In dem Fall können wir schlecht beide den gleichen Aufhänger nehmen.«

»Mach dir darüber keine Gedanken. Wenn mir eine Geschichte flöten geht, bekomme ich trotzdem weiter mein Gehalt. Bei dir ist das etwas anderes.«

»Na ja, das ist ja nun auch nicht mein einziger großer Auftrag«, schwindelte sie.

»Aber du hattest Kosten, die dir niemand ersetzt. Außerdem passt so eine Reportage viel besser in ein Magazin als in den Reiseteil einer Tageszeitung.«

Das sah Beke zwar völlig anders, hütete sich aber, ihn von seiner Meinung abzubringen. Wenn man schon mal einen Berufskollegen traf, der nicht nur attraktiv, sondern auch noch ausgesprochen sympathisch und obendrein fair war, war Genießen und Schweigen das Gebot der Stunde.

»Was hast du zu verlieren?«, wiederholte er.

Beke, die gerade das Schloss am Hinterreifen löste, sah auf und direkt in seine blauen Augen. Konnte es wirklich sein, dass sie sich gerade einen Tag kannten? Was hatte sie zu verlieren? Gute Frage. Nein, falsche Frage. Besser müsste es heißen: Was konnte sie alles gewinnen? Eine ganze

Menge! Sie konnte Stoff für ihren ersten Roman sammeln. Mit etwas Glück brachte sie doch noch eine Reportage zustande, die sie mindestens einen Monat über Wasser hielt. Und sie würde Zeit mit Ben gewinnen. Was gab's da noch zu überlegen?

Sie lächelte ihn an. »Fahren wir heute in den Süden?«

Nach Hörnum war es längst nicht so weit wie rauf nach List. Sie konnten es gemütlich angehen.

»Fahren Sie doch lieber nach Munkmarsch oder nach Morsum«, hatte ihre Vermieterin am Morgen gesagt, als sie das Frühstücksgeschirr abräumte. »Nach Hörnum geht's immer nur geradeaus. Todlangweilig. Und die ganze Zeit an der Straße entlang …«

Es ging tatsächlich geradeaus, aber langweilig war es keinesfalls. In Rantum wechselten sie die Straßenseite und fuhren von nun an auf einem Sand- und Kiesweg, ein gutes Stück vom Asphalt entfernt. Zwischen sie und die Straße schoben sich schützend die Dünen. So schmal, wie Sylt war, konnte man hier in der Mitte der Insel hören, wie auf der anderen Seite die Wellen tosten und auf den Strand krachten.

»Sieh mal!«, rief Ben plötzlich und hielt an. »Ein altes Gleisstück.«

»Wirklich, du hast recht.« Beke war an dem Fragment aus rostigem Stahl, das im Kiesweg lag wie eine Laufmasche in einer Perlonstrumpfhose, glatt vorbeigefahren. Das hätte ihr noch gefehlt. Der einzige noch existierende Teil der vor über vierzig Jahren entfernten Bahnanlage, und sie übersah ihn!

»Ich mache ein Foto von dir«, verkündete Ben, nachdem er sein Rad abgestellt hatte, und streckte ungeduldig die Hand aus. Beke reichte ihm ihre Kamera, warf ihre Umhängetasche ins Gras und rollte ihr Fahrrad hinter das Gleis. »Nicht das Fahrrad, du sollst auf das Bild.«

»Aber das Rad ist so hübsch. Hast du schon mal ein knallrotes Fahrrad mit Hupe bei einem Verleih gesehen?«

»Nein!« Er schüttelte lachend den Kopf. »Das habe ich tatsächlich nicht. Also gut, dann erst eins mit und danach eins ohne!«

»Fahrrad«, betonte sie. »Nicht, dass du auf dumme Gedanken kommst.«

»Oben ohne könntest du bestimmt auch tragen.«

»Könnte dir so passen.«

Er sagte leise etwas, das sie zu gern verstanden hätte. Natürlich fragte sie nicht nach. Zu lange wollte sie nun auch nicht beim Thema bleiben. Ben lief hin und her, hockte sich kurz hin, stand aber gleich wieder auf, probierte die optimale Perspektive aus. Beke fühlte sich mit einem Schlag unsicher. Im Grunde gab es nichts Spektakuläres zu sehen. Sie war das Hauptmotiv. Ben sah in erster Linie sie an. Sofort überlegte sie, ob sie nicht lieber ein anderes Shirt hätte anziehen sollen. Und sie verfluchte sich, dass sie heute Morgen nicht einmal einen Lidstrich gezogen geschweige denn Lippenstift aufgelegt hatte.

»Nein, so geht das nicht. Du stehst da wie bestellt und nicht abgeholt!«

»Vielen Dank!«, schmollte sie. »Was soll ich denn machen?«

»Tu einfach so, als hättest du gerade gebremst und würdest jetzt neugierig das Gleisstück angucken.«

»Sehr originell!«

»Oder bleib stehen und stütze dich auf den Lenker. Irgend so etwas … Ich denke, du bist Journalistin. Da hast du doch wohl Phantasie.«

»Du klingst wie mein Bruder.« Zaghaft probierte Beke aus, die Unterarme auf den Sattel zu legen. Nee, das sah bestimmt total gestellt aus. Also versuchte sie, wie er vorgeschlagen hatte, etwas mit dem Lenker anzufangen. »Ich glaube, ohne Rad ist es doch besser«, meinte sie schließlich und schob es aus dem Bild. Sie hockte sich im Schneidersitz neben das geschichtsträchtige rostige Metall und sah verträumt in den Himmel.

»Das ist schön«, rief Ben, kam ein paar Schritte näher und ging dann wieder rückwärts. »Und jetzt vielleicht mit deinem Block auf dem Schoß.«

Gute Idee, die Reporterin bei der Arbeit. Von Minute zu Minute verlor Beke mehr von ihrer Unsicherheit und fühlte sich wohler in ihrer Haut. Sie begann mit der Kamera und dem Mann dahinter zu flirten, kokettierte und nahm die verrücktesten Posen ein. Es war schön, ihn zum Lachen zu bringen, und es war schön, dass er sie ansah.

»Du machst dich sehr gut in der Landschaft.« Ben ließ den Apparat sinken und sah sie direkt an. »Wenn du nicht aufpasst, wirst du noch entdeckt. Soviel ich weiß, treiben sich immer einige Scouts auf der Insel herum, die neue Models suchen.«

»Nein, danke, das ist nicht mein Fall! Schließlich ist nicht jeder Fotograf so geduldig und nett wie du.«

»Wichtige Erkenntnis«, rief er. »Und ein sehr nettes Kompliment. Dafür lade ich dich zum Kaffee ein.« Er reichte ihr die Kamera. Ihre Hände berührten sich kurz. Ob das Absicht war?

In Hörnum fuhren sie zunächst zum Hafen. Dort war alles deutlich beschaulicher als in List. Vom ehemaligen Ruderhaus eines Fischkutters, das jetzt sein Dasein an Land als Werbefläche für Krabben fristete, blätterte die Farbe ab. Wenige Buden, ein paar Schiffchen und natürlich ein Imbiss, der Fischbrötchen anbot. Sie hielten sich nicht lange auf, sondern fuhren weiter in den winzigen Ortskern. Es ging vorbei an schmucken Einfamilienhäusern mit kleinen Grundstücken drum herum, die ebenso gut in einem Hamburger Vorort hätten stehen können, hätte sich dahinter nicht das Hörnumer Leuchtfeuer erhoben. Die dunkle Spitze des Turms, ein Kupferdach, das das Lampenhaus wie ein Hütchen bedeckte, reckte sich auch über die Dächer der Häuser, die die verkehrsberuhigte Zone einrahmten, in der sie ihre Räder abstellten.

»Zeit für eine Pause. Wolltest du mich nicht zu Kaffee und Kuchen einladen?«

»Von Kuchen war zwar keine Rede, aber ich will mal nicht so sein. Friesentorte?«

»Friesentorte! Obwohl die natürlich unmöglich so gut sein kann wie die von meiner Mutter! Sie hat ein Geheimrezept.«

»Du hast recht, nichts geht über den Kuchen der eigenen Mutter. Der Nachteil ist, dass man ihn nicht überall kaufen kann. Du wirst dich also mit einer fremden Friesentorte begnügen müssen.«

Sie nahmen auf der Terrasse des Cafés Platz und gaben die Bestellung auf.

»Dauert aber 'n büschen«, warnte die Kellnerin.

»Wir haben Zeit.« Ben sah sie freundlich an.

»Dascha mal ganz was Neues«, murmelte die Bedienung.

Beke betrachtete die große blonde Dame mit dem auffälligen türkisen Schmuck auf der braunen Haut, dem akkurat gepinselten Lidstrich und der etwas zu üppigen Wimperntusche. »Zwei meiner Mitarbeiter ham sich krankgemeldet. Hab sowieso schon zu wenig Leute. Ganz dünne Personaldecke. Is ja kein Wunder, die kriegen keine Bleibe, die sie bezahlen können. Und jeden Tag mit der Bahn über'n Damm will doch auch keiner. Muss ich eben allein klarkommen. Müssen Sie eben auf die Torte warten.«

»Oha, zwei Krankmeldungen auf einmal. Und wenn ich mich nicht irre, haben Sie gerade eine Reisegruppe reinbekommen.« Beke deutete mit einem Nicken Richtung Haus, in dem eben eine Gruppe Senioren verschwunden war.

»Jo, deshalb dauert's ja auch 'n büschen.«

»Vielleicht gehen wir lieber woandershin«, meinte Ben.

»Oder ich helfe kurz mit«, bot Beke an.

»Wie bitte? Sie?«

»Ich habe in der Gastronomie gelernt. Meine erste Ausbildung«, ergänzte sie mit raschem Seitenblick zu Ben. »Wenn ich auf der Hallig bin, helfe ich auch immer mal aus. Servieren ist meine Leidenschaft.« Sie lachte.

»Sie kommen von der Hallig?« Beke nickte. »'ne Nachbarin! Dascha nett.«

»Also dann, stürzen wir uns nachbarschaftlich auf die Reisegruppe?« Konnte sie Ben wirklich alleine am Tisch hocken lassen? »Wenn du nichts dagegen hast«, fügte sie unsicher hinzu.

»Dat wär spitze! Ja, Mensch, denn man ran!«, kommandierte die Wirtin, bevor Ben hätte Einspruch einlegen können.

»Du hast also in der Gastronomie gelernt. Vielen Dank, dass du nichts gesagt hast, als ich gekocht habe.« Er schob sich ein Stück der Blätterteigtorte mit Pflaumenmus und Sahne in den Mund.

»Was hätte ich sagen sollen?«

»Du hättest mich vorher mit der Information, dass du vom Fach bist, aus der Ruhe bringen und hinterher professionell all meine Fehler sezieren können.«

»Dann wohl eher tranchieren. Oder entbeinen.« Sie grinste teuflisch. »Nein, keine Sorge. Erstens habe ich nicht Koch gelernt, zweitens hat es phantastisch geschmeckt. Es gab nichts zu mäkeln.«

»Im Ernst, du kannst bestimmt richtig gut kochen, oder?«

»Ich konnte mir viel abgucken. Und bisher hat mich noch niemand angezeigt, der bei mir gegessen hat. Allerdings koche ich nicht oft für andere. Das ergibt sich bei mir zu Hause nicht so.«

»Na, für deinen Freund wirst du doch kochen.«

»Ich habe keinen. Zurzeit. Also schon länger. Na ja, ich habe mich in letzter Zeit wohl zu viel um anderes gekümmert.«

»Würdest du heute für mich kochen?«

»Ich wohne in einer Pension. Das ist kein Appartement, ich habe keine Küchenzeile und auch keine Sitzgelegenheiten ...« Eigentlich passt nicht einmal das Bett richtig in den Raum, ergänzte sie in Gedanken.

»Dann kochst du eben bei mir, im Haus meines Freundes, meine ich. Es sind Rinderfiletspitzen im Angebot, ein paar Tropenfrüchte und Brokkoli. Fällt dir dazu etwas ein?«

»Ist auch Wein im Haus?«

»Kannst du nur beschwipst kochen?«

»Ich will ihn nicht trinken, sondern für die Soße verwenden.« Sie warf ihm einen strengen Blick zu.

»Natürlich, Wein ist da. Auch Portwein oder Sherry. Schön!« Ben faltete zufrieden die Hände. »Dann brauche ich heute also nicht zu kochen.«

Beke schenkte ihm statt einer Antwort nur ein Lächeln. Das war die Gelegenheit, sich zu revanchieren, ohne Geld auszugeben, das ihr nicht gehörte. Torte und Kaffee hatte sie gewissermaßen erarbeitet. Für ihre Hilfe hatte die Wirtin die beiden eingeladen.

»Danke, kannst morgen gleich wieder kommen«, hatte sie gesagt. »Friesentorte geht natürlich aufs Haus. Und ich zünde nachher 'ne Kerze an, weil der Himmel mir 'ne Deern von der Hallig geschickt hat. Die sind zu gebrauchen.«

»Hast du noch mehr verborgene Talente?«, fragte Ben in ihre Gedanken hinein.

»Das sage ich nicht. Das wäre ja, als würde man beim Skat verraten, wie viele Trümpfe man auf der Hand hat.«

»Spielen wir beide denn miteinander?« Um seine Mundwinkel lag ein Schmunzeln, aber seine Augen sahen sie sehr aufmerksam an, fast erwartungsvoll.

»Die Welt wäre ein bisschen besser, wenn alle etwas verspielter wären, sagt Börke immer.«

»Deine älteste Schwester.«

»Sehr gut, du hast dir die Reihenfolge meiner Geschwister gemerkt. Bravo!«

»Glückstreffer«, gab er bescheiden zurück.

»Nein, nein, kein Glück. Ein gutes Gedächtnis gehört bestimmt zu deinen Talenten, oder?«

»Würde ich das jetzt verraten, wäre ich ein schlechter Spieler. Es wird uns wohl nichts anderes übrigbleiben, als unsere besonderen Begabungen und Stärken gegenseitig herauszufinden.« Dieses Funkeln in seinem Blick gefiel ihr.

»Ich habe nichts dagegen.« Eigentlich sollte diese Antwort in ihrem Kopf bleiben, aber sie war ihr wie von alleine über die Lippen gekommen. Wo führte das hier hin? Wären sie jetzt in dem wunderschönen Haus und er würde sie so ansehen, wüsste sie ziemlich sicher, wohin es sie führen würde. Beke spürte ein Kribbeln auf der Haut, das definitiv weder von der Sonne noch vom Wind kam. »Dann wollen wir mal wieder«, sagte sie eilig und stand auf.

Sie radelten zurück, vorbei am Jugenderholungsheim Puan Klent und Sansibar, an einer riesigen Antennenanlage, die sich wie ein Fremdkörper in die Dünenlandschaft krallte, an Samoa und dem Zugang zur Strandsauna.

»Ich überlege jedes Mal, wie wohl diese Namen zustande gekommen sind«, meinte Ben. »Sansibar, Puan Klent und Samoa, meine ich.«

»Hast du das nicht recherchiert?«

»Vergesse ich jedes Mal.«

»Dann nehme ich das mit dem guten Gedächtnis zurück.« Er machte ein zerknirschtes Gesicht. »Sansibar und Samoa fanden wir als Kinder schon lustig. Keine Ahnung, ob das eine tiefere Bedeutung hat. Ich glaube nicht.« Sie zuckte gleichgültig mit den Achseln und genoss den leichten Fahrtwind, der durch ihre Haare fuhr und ihre Haut küsste. »Soweit ich weiß, gibt es an der Ostsee kleine Dörfer, die Kalifornien oder Brasilien heißen. Findet wahrscheinlich jemand lustig. Ist ja auch toll, wenn die Urlauber erzählen können, dass sie auf Samoa oder an einem anderen exotischen Ort waren. Dabei sind sie nur ein paar Kilometer an die Küste gefahren.«

»Stimmt.« Er lachte.

»Puan Klent hieß früher übrigens Pauns Klint. Das leitet sich vom Namen einer nahegelegenen Düne ab. Die hieß wohl Pauls Kliff. Habe ich während der Vorbereitung auf meine Recherche gelesen«, stichelte sie. Und dann fügte sie hinzu: »Früher war das mal ein Barackenlager aus dem Ersten Weltkrieg.«

»Danach hat ein kluger Mann ein Jugenderholungsheim für unterernährte arme Kinder aus Hamburg und Altona daraus gemacht.« Er bedachte sie mit einem sehr zufriedenen Blick. »Ich habe meine Hausaufgaben auch erledigt.«

»Dann weißt du sicher auch, wieso aus Pauns Klint Puan Klent wurde.«

»Ich könnte das nicht einmal beides hintereinander aussprechen«, erklärte er lachend. »Du hast gewonnen, du hast dich besser auf den Job vorbereitet.«

»Danke!« Sie strahlte. Ja, so eine wie ich wäre auch für deine Redaktion ein Gewinn. »Puan war ein Seeräuber, der seine Beute dort versteckt hat, wo heute das Jugendhaus ist.«

»Versteckt haben soll«, korrigierte Ben. »Oder glaubst du an Piratenmärchen?«

»Im fünfzehnten Jahrhundert waren Piraten auf der Nordsee ziemlich real. Es gab jede Menge davon.« Dass sie durchaus an Märchen glaubte, gerade jetzt daran glauben wollte, erzählte sie ihm lieber nicht.

»Wo wohnst du eigentlich in Hamburg?«, wollte er unvermittelt wissen.

»Bei dir um die Ecke, also genauer gesagt: um die Ecke deiner Redaktion.« Das war ihr so herausgerutscht. Konnte nicht schaden, wenn er den Eindruck bekam, sie hätte die besten Voraussetzungen, um für das Abendblatt zu schreiben.

»Ach, wo genau wohnst du?«

»Großneumarkt«, schwindelte sie. Mist, jetzt konnte sie sich nicht mehr damit retten, dass »um die Ecke« ein dehnbarer Begriff war. Nun war es eine echte Lüge.

»Tatsächlich? Dann kennst du sicher die Trattoria da Luigi.«

»Klar. Aber ich gehe nicht oft essen.«

Er sah sie kurz an. »Aha.«

Als sie wieder in Rantum waren, sagte er: »Von hier in den Süden gibt es im Grunde zwei Radwege, einen direkt an der Straße und den Kiesweg durch die Dünen, den wir genommen haben.«

»Ja, und?«

»Der an der Straße ist für Radfahrer und Wanderer nicht attraktiv, und es gibt eine viel bessere Alternative. Also könnte man daraus doch wieder eine Bahnstrecke machen.«

»Wenn irgendjemand hier auf der Insel ernsthaftes Interesse daran hätte und noch jemand dafür ein kleines Vermögen springen ließe.«

»Das mit der Finanzierung kann doch nicht so schwer sein. Ich meine, auf Rügen oder im Harz fahren Nostalgie-Bahnen Gewinne ein. Warum sollte das auf Sylt nicht funktionieren?«

»Hm«, machte sie, ohne wirklich darüber nachzudenken.

»Wo Gewinne zu erwarten sind, lassen sich auch Investoren finden«, führte er weiter aus. »Man müsste also nur die Befürworter aktivieren, von denen Herr Gleiser gesprochen hat.«

Jetzt wurde Beke doch hellhörig. »Findest du es nicht ein bisschen übertrieben, eine komplette Bahnstrecke wieder in Betrieb zu nehmen, nur damit wir eine schöne Geschichte haben, über die wir schreiben können?« Sie sah fröhlich zu ihm hinüber.

»Wäre doch ein netter Nebeneffekt.« Nach einer Weile sagte er: »Ich bin jedenfalls der Ansicht, dass Sylt so eine nostalgische Attraktion gut zu Gesicht stehen würde.«

»Stimmt, eine hübsche Idee.«

»Vor allem kämen vielleicht ein paar Autos von der Straße. Bis in die fünfziger Jahre war die Südbahn das einzige Verkehrsmittel runter nach Hörnum. Könnte man doch wieder so machen. Weg mit der Straße, her mit den Gleisen«, rief er mit Pathos.

»Ja, genau. Am besten wird Sylt überhaupt zur autofreien Insel. Mit dem Shuttle von Niebüll kommen nur noch Kutschen. Sehr realistisch.« Sie zog eine Grimasse und betätigte, um ihre Worte zu unterstreichen, die Hupe. Ben lächelte, sah allerdings etwas enttäuscht aus, wenn sie sich nicht irrte. Typisch, große Jungs spielten alle gern mit der Eisenbahn. Bestimmt war er traurig, dass es auf Sylt kein Große-Jungs-Spielzeug geben würde.

Es war nicht mehr weit bis Westerland. Beke legte den Kopf leicht in den Nacken. Sie fühlte sich pudelwohl. Sie hatte die Nordsee in ihrer Nähe, genoss den Duft, die Sonne, Bens Gesellschaft und die Aussicht auf einen weiteren gemeinsamen Abend. Gleichmäßig trat sie in die Pedale und wollte an nichts denken, was danach kam.

In Westerland hatte Beke das Rad beim Verleih abgeben wollen, doch Ben bezahlte für den dritten Tag. Also konnte sie damit nach Wenningstedt und anschließend nach Hause radeln. Sehr praktisch. Als sie das Zentrum hinter sich gelassen hatten, schlug er einen Abstecher vor.

»Es ist noch ziemlich früh. Ich könnte dir etwas zeigen, wenn du Lust hast.«

»Gerne.«

Er lotste sie zum Dorfteich von Wenningstedt. Dort schlossen sie die Räder an und spazierten zu einem hölzernen Steg.

»Es ist hübsch hier. Irgendwie gar nicht Sylt.« Beke betrachtete den Teich, der im Gegensatz zu den belebten Strandpromenaden oder Fußgängerzonen wie ein Ruhepol wirkte.

»Doch, auch das ist Sylt.« Einen Moment schwieg er. »Mit etwas Glück kann man hier Störche sehen und Reiher. Vor fünfzig Jahren muss es noch idyllischer gewesen sein. Die Gegend war ja kaum bebaut. Kann man sich nicht mehr vorstellen.«

»Schwer«, stimmte sie zu. »Aber die Kirche steht schon lange hier, oder?«

»Das ist die Friesenkapelle. Ja, sie hat schon einiges zu sehen bekommen. Die wollte ich dir zeigen. Interessierst du dich für Kirchen?«

»Wenn ich irgendwo bin, sehe ich mir gerne Kirchen an, zu Hause käme ich nicht auf die Idee.« Sie dachte kurz nach. »Na ja, nee, eigentlich ist es eher so, dass ich nur nicht in die Kirche gehe, wenn Gottesdienst ist. Damit habe ich so meine Probleme. Auf Langeneß war die Messe immer toll. Da hatte sie etwas mit uns zu tun, mit den

Hallig-Leuten und ihren Schwierigkeiten oder Sorgen. In Hamburg konnte ich mit den Predigten wenig anfangen, darum gehe ich eher mal in eine Kirche, wenn ich dort allein sein kann. Ich glaube, dann ist der liebe Gott auch da und hört zu. Der braucht keinen Pastor auf der Kanzel.« Sie sah ihn unsicher an. »Denke ich zumindest.«

»Das sehe ich genauso. Komm!« Er nahm ihre Hand. Es fühlte sich richtig an.

Das rote Backsteingebäude wirkte innen viel kleiner, als es von außen den Anschein gehabt hatte. Beke wurde sofort von einer Nische rechts vom Altar angezogen, in der Kerzenlicht flackerte.

»Ist das schön«, flüsterte sie.

Andächtig betraten sie den kleinen separaten Raum, über dessen Eingang das Modell eines Viermasters hing. An einer Wand hing ein weiteres Modell, ein Holzschiff mit einem Segel in der Mitte, das Beke an ein Wikingerschiff erinnerte. Darin standen kleine weiße Opferkerzen, von denen einige brannten.

»Ich zünde immer eine an, wenn ich hier bin. Für meinen Vater«, sagte Ben leise, stopfte einen Schein in die Spendenbüchse an der Wand gegenüber und steckte eine Kerze an. »Du auch?« Es klang mehr nach einer Aufforderung als nach einer Frage.

Beke nickte und hielt eine Kerze an Bens Flamme. Bei so einer großen Familie konnte es nie schaden, Beistand von oben zu erbitten. Während sie die kleinen hellen Zungen beobachtete, die sich ruhig hin und her bewegten, dachte sie, dass sie im Moment auch eine Menge eigene Wünsche hatte, die hier in der hübschen Friesenkapelle sicher gut aufgehoben waren.

Sie standen noch eine ganze Weile schweigend nebeneinander. Dann nahm Ben wieder ihre Hand. Ein Blick, und sie gingen ohne ein Wort nach draußen.

»Die Kerze ist für deinen Vater?«

»Ja. Er lebt nicht mehr.«

»Das tut mir leid.«

»Mir auch.« Schweigen. Noch immer hielt er ihre Hand, als sei es das Selbstverständlichste der Welt. »Mein Vater hat Sylt geliebt. Er war als Kind mal hier zur Erholung. Später ist er mit meiner Mutter und mir hergekommen und dann noch mal alleine.« Das hatte er sehr leise gesagt.

Es folgte eine lange Pause, in der Beke sich nicht traute, auch nur einen Muckser von sich zu geben. Ben schien so tief in Gedanken zu sein, dass sie Angst hatte, ihn zu stören.

»Setzen wir uns einen Moment?« Er deutete auf eine Bank, die nicht weit von ihren Rädern am Teich stand.

Sie setzten sich dicht nebeneinander, und er legte sofort einen Arm auf die Lehne der Bank, so dass Beke sich beinahe einbilden konnte, er habe den Arm um sie gelegt. »Entschuldige, es geht mir noch immer nah, wenn ich in der Kapelle bin. Dann kommen alle Erinnerungen zurück.«

»Dann ist dein Vater noch nicht lange tot?«

»Doch, schon fast zwanzig Jahre.« Ben begann von seiner Familie zu erzählen. Sein Vater war, wie schon dessen Vater, im Fahrzeugbau tätig gewesen. Er hatte ein eigenes kleines Unternehmen gegründet, das Umbauten von Bussen und Pkw für spezielle Bedürfnisse anbot. Hätte Bens

Mutter nicht mitgearbeitet, wären sie wohl nicht über die Runden gekommen.

»Und du hast trotzdem studieren können?«

»Wie kommst du darauf …?« Er sah sie fragend an, ganz kurz nur. Dann sprach er weiter: »Ja, meine Eltern waren sehr sparsame Leute, und ich habe BAföG bekommen. Es ist ein gutes Gefühl, jetzt wenigstens meiner Mutter etwas zurückgeben zu können.«

»Kann ich mir vorstellen.« Beke seufzte und hing ihren Gedanken nach. Das musste ein wirklich tolles Gefühl sein. Sie selbst hatte von ihren Eltern auch einen guten Start ins Berufsleben bekommen, mehr als das. Noch heute steckten sie ihr immer mal etwas zu, weil ihre Lüttste noch immer nicht auf festen Beinen stand. Dabei sollte es längst umgekehrt sein. Glücklicherweise ging es den Brodersens wirtschaftlich gut, so dass Beke sich diesbezüglich wenigstens keine Sorgen um sie machen brauchte.

»Woran denkst du?« Er hatte sie offenbar schon eine ganze Zeit beobachtet. Sein Gesicht war ihrem ganz nah.

»Nichts Besonderes.«

»Ich habe dich traurig gemacht, stimmt's?«

»Nein. Na ja, vielleicht ein bisschen.«

»Tut mir leid.«

»Nein, nein, schon gut.« Sie lachte. »Hattest du nie Lust, die Firma deines Vaters zu übernehmen?«

»Das war keine Frage von Lust oder nicht.« Seine Hand legte sich auf ihre Schulter. Sie spürte, wie sein Finger scheinbar gedankenverloren über ihre Haut streifte. »Soll ich dir sagen, worauf ich jetzt Lust habe?« Beke schluckte. Sie fühlte sich mit einem Mal ganz schwach. Wie gut, dass sie saß, sonst würden ihre Beine sie bestimmt im Stich lassen. »Ich habe jetzt Lust auf Filetspitzen. Bin sehr gespannt, wie du sie zubereitest.« Beke schluckte erneut. Hoffentlich sah er ihr nicht an, dass sie enttäuscht war. Ihr wäre lieber gewesen, er hätte Lust gehabt, sie zu küssen. »Und auf deine weiteren Talente bin ich auch gespannt«, sagte er, küsste sie ganz zart auf die Wange und stand auf, als sei nichts gewesen.

Beke tappte hinter ihm her wie durch Watte. Das Leben war schön!

Am Fahrrad reichte er ihr ein Schlüsselbund. »Ich muss noch etwas erledigen. Findest du das Haus wieder?«

»Ich denke schon.« Sie zögerte.

»Gut, dann kannst du ja vorfahren.« Er stand vor ihr und hielt ihr noch immer die Schlüssel hin. »Du musst mich reinlassen. Ich hoffe, du suchst dir nicht auf die Schnelle einen anderen, mit dem du den Abend lieber verbringen möchtest, und sperrst mich aus.«

»Mal sehen, wer mir auf dem Weg so vor das Fahrrad stolpert.« Sie schmunzelte und nahm ihm das Schlüsselbund ab. »Danke für dein Vertrauen.« Er lächelte. »Bis gleich.« Schon schwang er sich in den Sattel und radelte davon.

Beke hätte platzen können vor Glück. Sie sah ihm nach, tanzte einmal um ihr Fahrrad und hupte übermütig. Ein paar Jugendliche sahen zu ihr herüber.

»Was hat'n die?«

»Nich ganz dicht«, kommentierte ein Mädchen mit bauchfreiem Top und widmete sich sofort wieder ihrem Handy. »Wahrscheinlich ein Sonnenstich.«

Beke kümmerte es nicht. Lächelnd machte sie sich auf den Weg. Sie bog in die Straße, summte vor sich hin und schob ihr Rad die Auffahrt hinauf. Wenn sie jemand sah! Der musste denken, sie wohnte in dieser tollen Villa. Fühlte sich nicht übel an.

Im Haus war es angenehm kühl. Sie schlüpfte aus den Schuhen und ging mit nackten Füßen über den Natursteinboden. Noch immer sang sie leise vor sich hin. Ein bisschen unheimlich war es schon, alleine in einem fremden Gebäude zu sein. Sie hatte kurz das Bedürfnis, sich zu vergewissern, dass wirklich niemand da war. Blödsinn. Hier war niemand. Nur sie, teure Möbel und die Filetspitzen im Kühlschrank. Beke inspizierte die Küche. Alles da, was sie brauchte. Natürlich. Sie legte sich Schneidbrett, Zwiebeln, das Fleisch, Mango und Ananas, Brokkoli und eine Pfanne zurecht. Was Ben wohl zu erledigen hatte? Es musste wichtig sein, wenn er sie, die er erst zwei Tage kannte, im Haus seines Freundes allein ließ. Ein echter Vertrauensbeweis. Sie würde ihn nicht enttäuschen. Nee, auf die Idee würde sie niemals kommen.

Beke dachte an die kleine Kapelle. Die Atmosphäre dort war einzigartig gewesen. Sie würde sich Notizen machen, um eine Szene in ihren Roman einbauen zu können. Am besten gleich. Sie lief zurück in den Flur, wo sie ihre Tasche hatte liegen lassen. Mit ihrem Notizbuch in der Hand ging sie zurück. Vom Wohnzimmer ging eine Tür ab, die ihr bei ihrem ersten Besuch gar nicht aufgefallen war. Ob sich dahinter ein Arbeitszimmer befand? Sie hielt das für ziemlich wahrscheinlich. Oben waren bestimmt Schlafräume und ein großes Badezimmer. Vermutlich mit Whirlpool und Sauna, überlegte sie. Es lockte sie, die Treppen hinaufzulaufen und zu überprüfen, ob sie recht hatte. Aber das würde sie natürlich nicht tun.

Sie notierte sich ein paar Zeilen über die Friesenkapelle. Dann legte sie das Büchlein auf den Esstisch. Ihr Blick fiel wieder auf die Tür. Nur einmal kurz nachschauen, ob dahinter ein Schreibtisch mit Computer zu finden war, wäre nicht schlimm. Niemand hätte einen Nachteil dadurch. Sie musste daran denken, wie er ihre Hand gehalten hatte. Ganz selbstverständlich und natürlich. Und dann die Nähe auf der Bank, der Kuss. So etwas war ihr noch nie passiert. Im Film hätte Beke sich darüber aufgeregt, dass es völlig unglaubwürdig war, wenn zwei einander nach zwei Tagen schon so nah waren. Jetzt wusste sie, dass das Leben manchmal unglaubwürdig sein konnte. Es kitzelte in ihrem Bauch. Ob er sie nachher wieder küssen würde? Leidenschaftlicher, länger? Sie seufzte. Das wäre schön. Moment mal, Fräulein, du bist doch wohl nicht gerade dabei, dich zu verlieben? Warum eigentlich nicht? Sie wuschelte sich durch das kurze braune Haar. Ein guter eigener Job, ein eigener Mann, endlich ein geordnetes eigenes Leben, nicht mehr nur die Lüttste von fünf Geschwistern.

Beke versuchte sich zu bremsen. Sie wusste nichts über Ben. Vielleicht war er verheiratet oder zumindest fest liiert und gönnte sich auf Sylt nur eine Affäre. Es konnte auch sein, dass der Kuss nur passiert war, weil Ben gerade emotional so angerührt gewesen war. Bjarne würde ihr jetzt sagen, dass sie sich zu viele Gedanken macht. Einfach drauflosleben, war seine Devise. Birte würde ihr vermutlich auch raten, etwas zu riskieren. Broer schlich sich in ihren Kopf. Er hatte immer Angst um die lütte Schwester. Ihm wäre es am liebsten, sie käme zu ihm auf die Hallig und würde sich mit Ove Matthiesen zusammentun, wie Broer sich gerne ausdrückte. »Der is von der Hallig. Der is in Ordnung!«

Beke wurde plötzlich bewusst, dass sie noch keinen Handschlag getan hatte. Sie konnte schon mal Zwiebeln und Früchte kleinschneiden. Andererseits hatte sie keine Ahnung, wie lange Ben unterwegs sein würde. Es wäre unsinnig, schon Reis aufzusetzen oder gar das Fleisch anzubraten. Unentschlossen ging sie ein paar Schritte in die eine Richtung, drehte dann aber wieder um und lief zu dem großen Fenster. Ein herrlicher Ausblick. Wenn nebenan ein Arbeitszimmer war, hatte man von dort bestimmt den gleichen Blick.

Okay, Beke, vergewissere dich, ob es ein Arbeitsraum ist, und dann kümmere dich um das Essen. An der Haustür gab es kein Namensschild. Gut möglich, dass in einem Büro irgendetwas auf den Bewohner schließen ließ. Vielleicht war es gar kein Journalist, sondern ein Schauspieler oder Regisseur. Spannend. Wenn das hier das Haus eines berühmten Menschen war, dann konnte sie das in ihrem Artikel erwähnen. Sie würde natürlich niemals verraten, wo genau derjenige wohnte, aber sie konnte behaupten, man könne dem allseits beliebten und aus dem Fernsehen bekannten Herrn Wie-auch-immer auf dem Radweg durchaus begegnen.

Beke schlich zur Tür, legte die Hand auf die Klinke. Soll ich wirklich? Ist das nicht ein Vertrauensbruch Ben gegenüber? Sie zögerte, ließ los und huschte durch den Flur zur Haustür. Ein Blick nach draußen. Ben war weit und breit nicht zu sehen. Sie hatte Zeit genug, nur einen schnellen Blick in das geheimnisvolle Zimmer zu werfen. Beke eilte auf Zehenspitzen zurück.

Warum schleichst du eigentlich?, fragte sie sich, bemühte sich trotzdem weiter darum, keinen Laut zu verursachen.

Wieder stand sie an der Tür. Dieses Mal drückte sie die Klinke herunter. Nicht abgeschlossen. Warum auch? Sie spähte hinein. Richtig vermutet: Vor einem Fenster, das nicht ganz so groß war wie das im Wohnzimmer, das aber auch einen wunderschön geschwungenen Rahmen hatte, stand ein Schreibtisch. Auf einem Gestell aus gebürstetem Edelstahl ruhte eine Glasplatte. Darauf lag einer dieser ultraflachen Tablet-Computer, von denen Beke noch immer träumte. Sie trat näher heran. Ein Terminplaner in Leder gebunden, verschlossen, daneben ein edler Kugelschreiber. Ganz rechts ein Ablagekorb mit wenigen Papieren darin. Die würden ihr mit Sicherheit etwas über den Hausherrn verraten. Zumindest den Namen würde sie dort finden, dessen war sie sicher. Aus journalistischer Sicht hätte sie die Dokumente, die dort immerhin offen herumlagen, rasch überfliegen müssen. Aus moralischer Sicht war das völlig undenkbar. Sie hatte schon hier in diesem Raum nichts zu suchen.

Beke wollte gerade zurück in die Küche gehen, als ihre Aufmerksamkeit von einer Reihe Bücher angezogen wurde, die an der Wand gegenüber von dem Tisch in einem Regal standen. Die Ledereinbände sahen alt aus. Bestimmt ein antiquarisches Nachschlagewerk oder ähnliches. Sie konnte nicht anders, als näher heranzugehen. Bigga war Bibliothekarin und hatte Beke mit ihrer großen Leidenschaft für alte Bücher und Schriften angesteckt. Wann immer Beke ihre Schwester in Süddeutschland besuchte, unternahmen sie mindestens einen Ausflug in ein Antiquariat, in das Grafische Kabinett in Augsburg oder natürlich in das Museum für Papier- und Buchkunst, das in einem windschiefen Fachwerkschlösschen untergebracht war. Sie neigte den Kopf, um den Titel auf dem Einband entziffern zu können, da ließ ein Knacken sie zusammenzucken. Waren das die Möbel gewesen, oder kam das von der Haustür?

»Ben?«, rief sie und verließ eilig das Arbeitszimmer. Keine Antwort. Stattdessen ein Rascheln. »Ben, bist du da?«

Wieder nichts.

Eine Sekunde Stille, dann ein Geräusch, als habe jemand etwas auf der Holztreppe abgelegt. Verdammt, Ben war das nicht. Der hätte einen Ton gesagt. Einbrecher, schoss ihr durch den Kopf. Logisch. Ein prachtvolles Haus wie dieses in zentraler ruhiger Lage von Wenningstedt. Wer das bewohnte, hatte Geld. Und wo Geld ist, da ist etwas zu holen.

Beke schnappte sich das Messer, das sie sich vorhin bereitgelegt hatte. Gott sei Dank hatte sie ein langes gewählt.

Deine Phantasie geht mit dir durch, redete sie sich ein, du siehst Gespenster. Leider gelang es ihr nicht, auf diesen Einwand zu hören. Mit angehaltenem Atem, das Messer hinter dem Rücken versteckt, wartete sie ab. Oder sollte sie den Eindringling besser überrumpeln? Zu spät! Ein breitschultriger Kerl mit dunklem Haar und hellblauen Augen betrat das Wohnzimmer. So ein Mist, wieso hatte denn dieses wundervolle Haus keine Alarmanlage? Da hatte doch echt jemand an der falschen Stelle gespart! Der Typ sah sie an, verschränkte die Hände ineinander und ließ die Fingerknöchel knacken.

»Das benutzen Sie sowieso nicht«, sagte er entspannt.

»Was?« Beke war verdattert.

»Das Messer, das Sie hinter Ihrem Rücken verstecken.« Sie lugte so unauffällig wie möglich seitlich an sich herunter und stellte fest, dass die Klinge neben ihr selbst für schlechte Augen nicht zu übersehen war. Wieso hatte sie auch so ein langes Messer gewählt?

»Doch, mach ich!«, brachte sie entschlossen hervor. »Legen Sie es besser nicht darauf an!«

»Legen Sie das besser weg, sonst verletzen Sie sich noch. Das ist bestimmt scharf.« Er kam einen Schritt näher.

»Allerdings, das ist es. Deswegen würde ich an Ihrer Stelle auch stehen bleiben.«

»Ganz ehrlich, warum sollten Sie es auf einen Kampf ankommen lassen? Für Sie geht es doch um nichts.« Na, der hatte ja eine schöne Meinung von den Menschen. Wahrscheinlich dachte er, sie ist so reich, dass sie sich einfach neue Sachen kauft und das ersetzt, was er mitgehen lässt. Aber es gab schließlich auch ideelle Werte. Die Bücher im Arbeitszimmer zum Beispiel. Die waren bestimmt wertvoll, nicht nur in finanzieller Hinsicht. Die konnte man nicht einfach ersetzen.

»Sie glauben wohl, bloß weil einer reich ist, hängt er an nichts und weiß nicht zu schätzen, was er hat. Bestimmt denken Sie: Die hat keinen Finger krumm gemacht für das alles hier. Die weiß gar nicht, wie gut es ihr geht. Da kann ich ruhig etwas wegnehmen. Wahrscheinlich meinen Sie sogar, Ihnen steht etwas von all dem hier zu. Von wegen Gerechtigkeit und so …« Sie hatte sich in Rage geredet.

Er stand nur da und sah sie an. Sie fragte sich kurz, weshalb er eigentlich keine Maske trug. Machten Einbrecher das nicht so?

»Das stimmt aber nicht«, fuhr sie mit Nachdruck fort, ehe sie der Mut verlassen konnte. »Ich bin mir sehr darüber im Klaren, was ich an all dem habe, und ich werde dieses Haus verteidigen.« Sie schloss ihre Finger noch etwas fester um den Griff des Messers und musste aufpassen, dass es ihr nicht aus der Hand rutschte wie ein nasser Fisch, so feucht, wie ihre Haut vor Angstschweiß war. Hätte er nicht einfach abhauen können? »Mit Zähnen und Klauen«, ergänzte sie. »Und wenn es das Letzte ist, was ich tue.«

»Wozu brauchen Sie dann das Messer?«

»Was?« Was war das denn für ein Eindringling? Müsste er sie nicht einschüchtern oder anschreien, wenn er schon nicht die Flucht ergriff? Stattdessen stand er da, präsentierte ihr sein Gesicht und stellte ihr alberne Fragen.

»Wenn Sie Zähne und Klauen einsetzen wollen, meine ich. Dann können Sie das Messer doch weglegen. Sicherheitshalber.« Endlich drehte er sich auf dem Absatz um und ging zurück in den Flur. »Egal«, rief er von dort, »mein Chef wird sich über ihren Einsatz freuen.«

»Ihr Chef?« Beke legte das Fleischmesser aus der Hand. Lange hätte sie es ohnehin nicht mehr halten können, ohne einen Krampf zu bekommen. Und irgendwie war ihr mit einem Mal klar, dass der Mann alles Mögliche war, nur sicher kein Einbrecher. Das hätte sie von der ersten Sekunde an merken müssen. Wahrscheinlich war sie geistig umnebelt gewesen vor lauter schlechtem Gewissen, weil sie sich in das Arbeitszimmer geschlichen hatte.

»Benedikt Jessen, ja. Ich bin Viktor, sein Sekretär.« Er war wieder da, einen Stapel Briefe in einer Hand. Die andere streckte er ihr jetzt entgegen. »Schön, dass Sie sich von dem Dolch getrennt haben, dann kann ich Ihnen wenigstens anständig guten Tag sagen.« Er packte ihre Hand und schüttelte sie.

Beke war sprachlos. Bens Vorzimmerdame hatte sie sich irgendwie anders vorgestellt.

»Ich arbeite für ihn und wohne oben.« Viktor deutete mit dem Daumen gen Decke. »Ben ist schlau. Man kriegt auf Sylt kaum Leute, wenn man ihnen nicht auch eine Wohnung anbietet. Außerdem ist er schon so an mich gewöhnt. Also nimmt er mich aus Hamburg mit, wenn er auf die Insel fährt.«

Erst jetzt dämmerte ihr, dass das hier Bens Haus war. Es gehörte nicht irgendeinem Freund oder Kollegen, es gehörte ihm. Er hatte sie nach Strich und Faden belogen. Viktor ging zum Arbeitszimmer. Die Tür war nur angelehnt. Beke meinte, er würde leicht stutzen, oder bildete sie sich das nur ein? Gleich darauf war er ohne die Post zurück und schloss die Tür hinter sich. »Ben ist ziemlich oft hier. Ist ja egal, von wo aus er sich um sein Unternehmen kümmert.«

»Klar, ist total egal.« Beke war froh, endlich ihre Stimme wiedergefunden zu haben. Dann nahm auch ihr Gehirn seine Tätigkeit wieder auf. »Er recherchiert gar nicht wegen der Inselbahn?«

»Doch.« Viktor war schon auf dem Weg an ihr vorbei gewesen. Vermutlich wollte er nach oben in seine Wohnung gehen. Er drehte sich zu ihr um und sah sie erstaunt an. »Er hat Ihnen davon erzählt? Das überrascht mich.« Nach kurzem Zögern setzte er hinzu: »Sind Sie nicht die neue Küchenmamsell?«

»Ziemlich altmodischer Begriff! Nein, sehe ich nach einer Mamsell aus?« Er antwortete nicht. »Nein, ich bin eine Bekannte.«

Viktor musterte sie von oben bis unten.

»Aha«, sagte er schließlich. Es klang fast nach einer Frage.

»Ja, wir haben uns zufällig getroffen. Gestern.« Sie sah seinen skeptischen Blick. Schluss mit der Schwindelei. »Um ehrlich zu sein, haben wir uns gestern erst kennengelernt.« Viktor hob überrascht die Augenbrauen. »Bisher dachte ich, Ben ist beim Hamburger Abendblatt Ressortleiter oder meinetwegen Textchef. Er ist doch nicht der Herausgeber, oder?«

»Nein.« Viktor lachte, wurde aber gleich wieder ernst und sah ziemlich irritiert aus. »Um ehrlich zu sein, ist er nicht einmal Abonnent. Ich wüsste auch sonst nicht, was er mit dem Abendblatt zu tun haben sollte.« Er steckte lässig die Daumen in die Hosentaschen und dachte anscheinend kurz darüber nach. »Wobei ... bei Ben kann man nie sicher sein. Er stellt ziemlich viel auf die Beine und ist ein kreativer Kopf. Wer weiß, was er neben der Firma so alles macht. Muss er mir ja nicht erzählen.« Es klang ein wenig beleidigt, so als wolle er durchaus alles wissen, was sein Chef so trieb.

»Was für eine Firma leitet er, sagten Sie?«

»Ich sagte gar nichts dazu. Und Ben hat Ihnen davon offenbar auch nichts erzählt. Das wird wohl seinen Grund haben.« Viktor verschränkte die Arme vor der Brust. Aus dem Mann war kein Wort mehr herauszubringen.

Mit einem Mal kam Beke in den Sinn, dass Ben jeden Moment hier auftauchen konnte. Es war sogar ziemlich wahrscheinlich, dass das geschehen würde. Dann konnte sie ihn zur Rede stellen. Dann musste sie das aber auch tun und würde möglicherweise einen deutlich weniger romantischen Abend mit ihm verbringen, als sie erwartet und erhofft hatte. Nein, sie wollte ihm jetzt nicht begegnen, das war ihr in dieser Sekunde absolut klar.

»Stimmt«, sagte sie, »wird es wohl. Und ich habe meinen Grund, mich jetzt zu verabschieden. Grüßen Sie Ben von mir. Es tut mir leid, ich fürchte, er muss sich seine Filetspitzen selbst in die Pfanne hauen.«

Fast fluchtartig verließ sie das Haus, sprang auf ihr Fahrrad und strampelte los, als sei eine Sturmflut zu erwarten. Sie musste aus der Straße raus sein, bevor Ben zurück war. Sonst rollte sie ihm geradewegs in die Arme.

Einige waghalsige Ausweichmanöver später tauchte sie im Trubel von Westerland unter. Sie benutzte ein paar Mal die Hupe, um arglosen Passanten die Chance zu geben, sich mit einem Sprung zur Seite in Sicherheit zu bringen. Familien kamen sonnenverbrannt vom Strand zurück, Paare hatten sich bereits in Schale geworfen und waren auf dem Weg in ein schickes Restaurant, wo sie zu Abend essen würden.

Beke war schweißgebadet, als sie den Bahnhofsvorplatz erreichte. Gerade noch rechtzeitig, um das Leihrad abzugeben. Es wäre schön gewesen, es noch für einen weiteren Tag zu haben. Dann müsste sie es aber am nächsten Abend zurückgeben und riskierte, dass Ben sie hier bereits erwartete. Er hatte keine Ahnung, wo sie untergebracht war, keine Möglichkeit, Kontakt mit ihr aufzunehmen. Ein beruhigender Gedanke. Und sehr schade! Sie lief die Friedrichstraße entlang und kaufte sich an einem Stand Äpfel und Bananen.

Dann trottete sie betrübt und maßlos enttäuscht zu dem alten Kapitänshaus, schloss ihr Zimmer auf, stieg auf das Bett und auf der anderen Seite wieder herunter und schnappte sich ihren alten Laptop.

Wie blöd konnte sie manchmal sein?, beschimpfte sie sich. Hätte sie sich doch denken können, dass der Typ kein Journalist war. Er hatte ihr in dem Haus des angeblichen Freundes keinen Wein angeboten, obwohl welcher da war. Überhaupt hatte er keinen Tropfen Alkohol angerührt. Warum war ihr das nicht aufgefallen? Das konnte kein Journalist sein! Sie fuhr ihren altersschwachen Computer hoch und wartete.

»Nun mach schon«, schimpfte sie leise. Was wollte sie eigentlich recherchieren? Wollte sie herausfinden, wer Ben Jessen wirklich war? Lieber nicht. Obwohl sie wusste, dass es keinen Sinn hatte, rief sie die Seite des Hamburger Abendblatts auf und sah das Impressum durch. Sein Name tauchte nicht auf. Das hatte sie auch nicht mehr erwartet, aber sie mochte die Hoffnung einfach nicht aufgeben. Auch der Name von Maike Voss war nicht zu finden. Sie war anscheinend nicht mehr in der Redaktion beschäftigt. Er hatte gelogen. Er hatte sie tatsächlich von vorne bis hinten belogen. Mistkerl!

Zögernd gab sie seinen Namen in die Suchmaschine ein.

»Ach du dicke Möwe«, flüsterte sie, als sie die Homepage seiner Firma gefunden hatte. Nachdem sie wusste, dass das Haus in Wenningstedt Ben gehörte, dass er einen Sekretär beschäftigte, der ihn auf Reisen begleiten musste, hätte sie sich denken können, dass Ben reich war. Aber so reich? Das übertraf alles, was sie sich je hätte vorstellen können. Sie blätterte sich durch die Seiten. Für die Historie der Firma nahm sie sich besonders viel Zeit. Ein altes Foto zeigte Bens Vater Ole, auch Ben selbst war zu sehen. Er hatte den Betrieb übernommen und zu einem international agierenden Unternehmen aufgebaut. Fahrzeugbau, spezielle Umbauten, Sonderwünsche. Ob ein Ölscheich einen rollenden Salon im Stil der zwanziger Jahre haben wollte oder ein Krankenwagen für extrem schwergewichtige Patienten umgerüstet werden musste, für Bens Firma war das Tagesgeschäft. Sie klickte sich noch eine ganze Weile wenig motiviert durch einige Seiten. Weil sie nicht wusste, wonach sie suchen sollte, folgte sie ihrem Gefühl und gab den Namen Ole Jessen in die Suchmaschine ein. Viel war nicht zu finden. Anscheinend war das Unternehmen noch in einer Doppelgarage untergebracht gewesen, solange er es geführt hatte. Ein Laden, der nichts abwarf, wie Ben erzählt hatte. In dem Punkt schien er bei der Wahrheit geblieben zu sein. Sie wollte den Laptop schon herunterfahren, als ein Eintrag der Suchmaschine ihre Aufmerksamkeit erregte. Es handelte sich um einen winzigen Artikel im Hamburger Abendblatt aus dem Jahr 1995.

Sylter Leiche identifiziert – Hamburger Fahrzeugbauer tot

Die Identität der vor vier Tagen zwischen Kampen und Wenningstedt auf Sylt angeschwemmten Leiche konnte nun festgestellt werden. Es handelt sich um den Hamburger Ole Jessen (50). Sein Sohn Benedikt Jessen (18) hat das bestätigt. Ein Gewaltverbrechen kann ausgeschlossen werden. Die Polizei geht daher von einem Unfall oder einem natürlichen Tod aus.

Beke schluckte. Sie hatte im Ohr, was Ben gesagt hatte: Sein Vater sei als Kind zur Erholung auf Sylt gewesen. Später sei er mit Frau und Sohn gekommen und dann noch mal alleine. Die letzten Worte hatte Ben auffallend leise gesagt. Jetzt war ihr klar, warum. Bei Ole Jessens letztem Besuch musste ein Unfall passiert sein, der ihn das Leben gekostet hatte. Nun begriff sie auch, warum es Ben noch immer so mitnahm, an den Tod des Vaters zu denken, obwohl der bereits knapp zwanzig Jahre zurück lag. Er hatte ihn hier auf Sylt identifizieren müssen! Warum eigentlich? Machte so etwas nicht üblicherweise die Ehefrau? Sie hätten diese schwere Aufgabe wenigstens gemeinsam bewältigen können. Ben war gerade erst achtzehn Jahre alt gewesen! Sie rief noch einmal die Firmenhistorie auf. Dort hieß es: *1996 Benedikt Jessen übernimmt die Geschäftsführung.* Nach dem frühen und überraschenden Tod des Vaters hatte er vermutlich keine Wahl gehabt. Von wegen Studium und BAföG. Ben hatte im Betrieb seines Vaters gelernt und durch die tragische Entwicklung ins kalte Wasser springen müssen.

Ungeduldig wedelte Beke eine Mücke weg, die ständig um sie herumschwirrte. Sie starrte vor sich hin. Warum hatte er ihr nur so viele Märchen aufgetischt? Schämte er sich etwa vor einer studierten Journalistin, dass er nur ein Handwerk gelernt hatte? Das wäre lächerlich. Immerhin hatte er aus einem kleinen Betrieb, der um das Überleben kämpfte, einen international erfolgreichen gemacht, der fette Gewinne einfuhr. Er hatte einen guten Grund, stolz auf sich zu sein. Das Ganze ergab einfach keinen Sinn.

Reiß dich zusammen, Beke, forderte sie sich auf. So kommst du nicht weiter. Jetzt heißt es analytisch vorgehen. Sie würde sich erst einmal alles notieren, was sie entdeckt hatte.

Beke stand auf, schnappte sich ihre Umhängetasche und wühlte darin herum. Diese Tasche war einfach zu groß.

Und zu voll. Jedes Mal rutschte ihr schon das Herz in die Hose, weil sie glaubte, ihr Portemonnaie, ihr Handy oder ihr Notizbuch wäre nicht da. Immer das Gleiche … Sie legte ihre kleine zerschlissene Geldbörse auf den Tisch, den Ersatz-Kugelschreiber, ihr Mobiltelefon, den Lippenpflegestift, eine kleine Tüte Gummibärchen für Notfälle. Spätestens jetzt müsste sie eigentlich ihr Büchlein in die Finger kriegen.

»Das gibt es doch nicht«, fluchte sie leise. Dann schoss es ihr wie ein Blitz ins Hirn: Sie hatte es in Bens Haus vergessen. Ja, so war es, sie hatte sich Notizen für ihren Roman gemacht und das Buch dann auf den Esstisch gelegt. Verflucht, da lag es jetzt wahrscheinlich noch immer. Es sei denn, Ben hatte es sich schon vorgenommen und stöberte in ihren Aufzeichnungen. Sie spürte, wie Hitze in ihr aufstieg. Hatte sie etwas über ihn geschrieben? Gab es irgendwelche Notizen, die ihn als den strahlenden Helden des Romans beschrieben, in den sich die Heldin auf den ersten Blick verliebte? Quatsch! Es gab keinen Grund, sich Sorgen zu machen. Zumindest nicht darüber, dass er etwas lesen könnte, was er besser nicht lesen sollte. Fest stand jedoch: Sie brauchte ihr Notizbuch. Es begleitete sie schon seit Monaten und enthielt Ideen, Telefonnummern und Informationen für verschiedene Reportagen, die sie womöglich irgendwann noch schreiben konnte. Sie musste es sich zurückholen!

Die Enge des Raums erschien Beke mit einem Mal unerträglich. Als Kind war sie immer von der Warf und über die Fennen bis zum Leuchtturm gelaufen, wenn sie Kummer gehabt hatte und nachdenken musste. Einen Leuchtturm hatte Westerland nicht zu bieten, wenn man einmal von einem auf eine Hausfassade gemalten absah, aber es gab den Strand, der um diese Zeit sicher nicht mehr übervoll war.

Einen Apfel in der Hand lief Beke zur Friedrichstraße. An der Ecke drängten sich Urlauber um Bistrotische, auf denen Wein- und Biergläser neben Tellern mit Hummer oder Pommes standen. Das Stimmengewirr wurde vom Klirren der Gläser und von Besteck auf Porzellan abgerundet. Mit jedem Schritt, den Beke in Richtung Nordsee machte, wurde es leiser und leiser. Am Hotel Miramar lief sie die Treppen hinab und dann die Kurpromenade entlang. In der Musikmuschel wurden gerade Scheinwerfer für eine Abendveranstaltung aufgestellt und ausgerichtet. Sie ließ die Sylter Welle, eine Surfschule und die letzten Gebäude an der Promenade hinter sich. Irgendwann gab es nur noch den Strand zur Linken und rechts Wiesen, die an einigen Stellen schon gelb wurden und nach Regen lechzten.

Am Ende der Kurpromenade schlüpfte Beke aus ihren Sandalen und ging weiter, langsamer jetzt, immer geradeaus. Der Sand war noch warm unter ihren Füßen. Sie spürte, wie die Anspannung ein wenig nachließ und sie ruhiger wurde. Beke verlangsamte ihre Schritte, atmete mehrmals ganz tief durch. Was war zu tun? Ihr Zimmer hatte sie für weitere drei Nächte reserviert. Als Erstes würde sie am nächsten Morgen das Inselarchiv besuchen. Das hatte sie schon längst tun wollen, denn dort würde sie alles finden, was im Zusammenhang mit der Inselbahn je veröffentlicht oder aktenkundig geworden war. Für den Fall, dass sie dort nicht wider Erwarten auf brandheiße Neuigkeiten stoßen sollte, musste sie sich in der Redaktion melden. Sie würde versuchen, den Kollegen dort eine andere Geschichte einzureden. Mit dem Rad auf den Spuren der Inselbahn. Hörte sich doch auch nicht schlecht an. Wenn sie Pech hatte, konnte sie hinterher gleich Birte anrufen und ihr beichten, dass die ihr Geld in den Sand gesetzt hatte.

Beke hatte keine Ahnung, wie sie die Summe zurückzahlen sollte. Das Unangenehmste, was sie am nächsten Tag zu erledigen hatte, war der Abstecher nach Wenningstedt. Sie musste ihr Notizbuch zurückholen. Bei diesem Gedanken kehrte die Anspannung mit Macht zurück. Ihr Herz klopfte. Wie sollte sie es anstellen? Sollte sie am Haus warten, bis Ben es verließ, und hoffen, dass Viktor da war, um ihr das Buch aushändigen zu können? Die Alternative war wenig reizvoll: Klingeln, Ben gegenübertreten und sich möglichst schnell wieder verabschieden. Sie war völlig unentschlossen und vertagte die Entscheidung. Ihre Gedanken begannen erneut, um Ben und seine Lügen zu kreisen. Sie stellte ihn sich als Achtzehnjährigen vor, das Gesicht noch jungenhaft mit letzten Pickeln, die von der Pubertät übrig geblieben waren, und einem kaum wahrnehmbaren blonden Flaum, den er liebevoll zu einem ersten Bart züchtete. Beke malte sich aus, wie er im Leichenschauhaus seinen toten Vater identifizieren musste. Der hatte wahrscheinlich ein paar Tage im Wasser gelegen. Kein schöner Anblick. Sie konnte nicht anders, als Mitleid mit Ben zu haben, wenn sie sich auch die größte Mühe gab, sauer auf ihn zu sein. Statt an seine Schwindelei dachte sie daran, wie dieser junge Bursche von heute auf morgen eine Firma übernommen und innerhalb von zehn Jahren die Umsätze und die Mitarbeiterzahl vervielfacht hatte. Sie war erfüllt von Bedauern und Bewunderung und sollte doch verletzt und wütend sein. Wenn sie nur einen Grund wüsste, warum er ihr all diese Märchen erzählt hatte.

Beke blieb wie angewurzelt stehen. Ihr Herz begann zu rasen. Ein Mann, dessen Hund gerade einen Knüppel aus dem Wasser holte, musste ihr ausweichen und schimpfte vor sich hin. Sie hörte nicht zu. Es gab einen Grund, warum Ben von seiner wahren Identität abgelenkt haben konnte. Er hatte seinen Vater umgebracht! Natürlich, das würde die Verschleierung erklären. Deshalb hatte er auch die Identifizierung des alten Jessen freiwillig übernommen. So hatte er die Möglichkeit, Anzeichen, die auf ein Verbrechen hätten hinweisen können, zu verwischen.

Ihr wurde übel. Sie überlegte, ob sie weitergehen oder umkehren sollte. Mit einem Mal fühlte sie sich unbehaglich. Was war, wenn er ahnte, dass sie ihm auf die Schliche gekommen war? Er wusste von Viktor, dass sein Schwindel aufgeflogen war. Und sie hatte ihm immer wieder vor Augen geführt, wie gut sie recherchieren konnte. Jedenfalls hatte sie sich alle Mühe gegeben, ihn das glauben zu lassen. Da er keine Ahnung von journalistischer Arbeit hatte, war es ihr womöglich gelungen. Wenn er sie für eine hartnäckige, gute Reporterin hielt, musste ihm klar sein, dass sie die Wahrheit aufdecken würde. Das hieß, dass sie für ihn zur Gefahr wurde.

Sie beschleunigte ihre Schritte. Kopflos lief sie weiter in Richtung Rotes Kliff. Schweiß lief ihr von den Schläfen den Hals hinab, obwohl ein paar Wolken sich vor die Sonne geschoben und die große Hitze des Tages vertrieben hatten. Ihr kam ihre Romanidee wieder in den Sinn: Eine Journalistin auf den Spuren der Inselbahn stößt auf einen Kriminalfall. Für ein Buch war das ein netter Einfall, aber doch bitte nicht für das richtige Leben! Sie hatte schon mehrmals darüber nachgedacht, was das für ein Kriminalfall sein könnte. Dass der Held des Buches, der sympathische Mann, in den sich die Heldin verliebte, ein Mörder sein könnte, war ihr nicht eingefallen. Das würde doch auch niemand gerne lesen. Sie stolperte voran und wäre fast über zwei nackte Beine gefallen, die von einem Handtuch in den Sand ragten. Beke unterdrückte einen Schrei. Vor ihr lag ein nackter Mann. Der schirmte seine Augen mit einer Hand ab, um sie ansehen zu können.

»Moin!«, rief er ihr fröhlich zu.

»Moin!« Wo sollte sie bloß hinsehen? Jedenfalls nicht an eine bestimmte Stelle. Konzentriert schaute sie ihm ins Gesicht. Moment mal, das war doch … »Wir kennen uns doch«, sagte sie. »Ich habe dich irgendwo schon mal gesehen.«

Er richtete sich auf. »Ist ja 'ne ganz originelle Anmache.« Konnte er sich nicht ein Handtuch umwickeln?

»Nein, jetzt weiß ich, du warst mal bei einer Fete von Bjarne.«

»Bjarne Brodersen von Langeneß?« Er legte die sommersprossige Stirn in Falten. »Du bist eine seiner Schwestern, stimmt's?«

»Genau, Beke, die Lüttste.« Sie rollte mit den Augen und lächelte verlegen.

»Ich bin Daniel, ein Surfkumpel von Bjarne. Ist ja ein Ding. Setz dich doch!« Er klopfte neben sich auf das Handtuch.

»Äh … ja, warum nicht?« Sie ließ sich neben ihm nieder. Ziemlich blöde Situation. Sie war völlig in Gedanken gewesen und musste den FKK-Strand erreicht haben. Das hatte sie gar nicht gemerkt. Kein Wunder, um diese Zeit war kaum noch jemand hier.

Immerhin konnte Ben sie nicht umlegen, solange sie Gesellschaft hatte, dachte sie und musste schmunzeln. Ihre Phantasie war wohl wirklich mit ihr durchgegangen. Zeit, wieder in die Realität zurückzukehren, wenn auch in eine etwas skurrile.

»Was machst du hier?«, fragte Daniel.

Beke erzählte kurz, was sie auf Sylt zu finden hoffte.

»Ach ja, du bist die Journalistin, ich erinnere mich. Du hattest gerade mit dem Studium angefangen, als wir uns kennengelernt haben.«

»Kann sein, ja.«

»Und wie läuft's?«

»Ganz okay. So lange bin ich mit der Ausbildung noch nicht fertig und freiberuflich unterwegs. Es dauert schon eine Weile, bis man richtig im Geschäft ist.«

»Kann ich mir vorstellen.« Daniel schlug die Beine übereinander. Beke musste ständig an feine Bratwurst denken. Angestrengt starrte sie vor sich hin und vermied jede noch so kleine Kopfbewegung in seine Richtung. Wenn er sich doch nur etwas überziehen könnte. »Mensch, wo du gerade hier bist … könntest du mich bitte eincremen? Die Sonne ist zwar gleich weg, aber meine Haut brennt so. War wohl ein bisschen viel Salzwasser und Hitze heute.«

»Aber nur den Rücken«, rutschte Beke heraus.

»Ja, klar, an den Rest komme ich selber ran.« Er griente frech, fischte eine Flasche Sonnenmilch aus einem Stoffbeutel, reichte sie ihr und drehte sich auf den Bauch. Sie konnte nicht anders, als einen Blick auf seinen braungebrannten Po zu werfen. Ganz schön knackig. Der war ihr deutlich lieber als seine Vorderansicht. »Das ist echt ein dickes Ding, dass du mir hier über den Weg läufst.« Er lachte auf. »Was treibt Bjarne so? Ist unter die Profis gegangen, oder?«

»Ja. Der ist auf der ganzen Welt unterwegs mit seinem Surfbrett.«

»Cool!« Beke sah sich um, während sie seine warme Haut massierte. Hoffentlich sieht mich hier keiner, dachte sie. Nicht dass sie etwas Schlimmes tat. Aber es war doch etwas merkwürdig, sie vollständig mit Sommersachen bekleidet und er splitternackt.

Sie strich gerade über seine Lendenwirbelsäule, als er sich halb zu ihr umdrehte. Beke zog die Hände weg, als hätte sie sich an ihm verbrannt. »Hast du Lust auf Currywurst?«

»Was?« Fiel ihm denn nichts anderes ein? Ihr Blick bohrte sich in seine Augen. Daniel rollte sich vollständig auf den Rücken und legte lässig einen Arm hinter den Kopf.

»Ich will gleich in die Sansibar. Treffe mich da mit 'n paar Surfkumpels zur Currywurst. Wir machen das einmal im Monat. Komm doch auch. Dann kannst du 'n büschen von deinem Bruder erzählen. Wäre echt cool.«

»Das geht nicht.«

»Wieso nicht?«

»Das ist doch so ein Edelrestaurant. Dafür habe ich nichts anzuziehen.«

»Blödsinn, ich gehe doch auch so.«

»So?« Sie starrte ihn an.

Er ließ den Kopf in den Nacken fallen und lachte. »Na ja, SO natürlich nicht. Aber eben einfach in Sommerklamotten. Das mit dem Edelrestaurant is ’n Vorurteil. Du darfst dich von den Karossen unten auf dem Parkplatz nicht abschrecken lassen.«

»Trotzdem …« Wahrscheinlich kostete die Currywurst da so viel wie woanders ein Drei-Gänge-Menü.

»Wie spät isses überhaupt?« Er zog eine Uhr mit kaputtem Armband aus seiner Tasche. »O Mann, dann muss ich auch los.«

Ohne Vorwarnung sprang er auf und stand nun genau neben ihr. Beke nahm aus dem Augenwinkel etwas wahr. Bloß nicht genauer hinsehen! Sie erhob sich auch.

»Na dann, war nett, dich getroffen zu haben.«

»Ja, danke fürs Eincremen!« Er schlüpfte in Bermuda-Shorts und streifte sich ein Shirt über. Hatte er überhaupt eine Unterhose angezogen? Hatte er nicht, wenn sie sich nicht sehr irrte. »Überleg’s dir doch noch mal. Stefan hat ’n Surf Contest gewonnen. Der gibt heute einen aus.«

»Ich kenne Stefan doch nicht mal.«

»Macht doch nix.« Er warf sein Handtuch über die Schulter. Beke blinzelte, als ihr feine Sandkörnchen in die Augen flogen. »Die Jungs freuen sich bestimmt. Und ich mich auch. Also …« Daniel hielt eine Hand in die Luft. Beke klatschte mit ihrer Hand dagegen, rutschte aber weg, weil sie wegen der Sandkörner nicht gut zielen konnte. »Bis nachher!«

»Ja, … vielleicht …«

Beke machte kehrt und ging zurück bis zur Kurpromenade. Sie streifte sich den Sand von den Füßen, schlüpfte in die Sandalen und lief weiter. Die Begegnung mit Daniel hatte ihr gutgetan. Nur nicht allein sein. Je mehr Menschen in der Nähe waren, desto wohler fühlte sie sich ausnahmsweise. Sie hatte keine Augen für die geflochtenen Strandkörbe mit ihren blau-weiß gestreiften Polstern oder für die grauweißen Möwen, die sich zu dieser Stunde ihr Revier von den Touristen zurückholten. Stattdessen sah sie sich immer wieder um. Auch wenn sie den Gedanken als absurd abtun wollte, dass Ben doch etwas auf dem Kerbholz hatte und ihr bereits irgendwo auflauerte, konnte sie sich nicht gänzlich davon frei machen. Immer wieder schlich er sich in ihre Gedanken. Es musste einen Grund geben, dass er ihr bezüglich seiner Person einen Bären aufgebunden hatte. Gut, das bedeutete nicht, dass er sie gleich um die Ecke bringen wollte. Aller Wahrscheinlichkeit nach hatte er auch mit dem Ableben seines Vaters nichts zu tun. Oder doch?

Plötzlich fiel Viktor ihr wieder ein. Sie sah ihn vor sich, wie er die Knöchel seiner Finger hatte knacken lassen, wie breit seine Schultern waren. Beklommen fragte sie sich, ob er nur Bens Sekretär war, wie er gesagt hatte, oder doch eher ein Mann für alle Fälle, der auch schon mal neugierige Journalistinnen zum Schweigen brachte.

Bei dem ersten Lokal, an dem Beke vorüberkam, war ein Tisch mit zwei Stühlen frei. Sie blieb davor stehen. Ein Glas Wein wäre jetzt gut. Oder, noch besser, ein Schnaps. Im Supermarkt konnte sie sich für das Geld, das sie hier für ein Gläschen berappen musste, eine ganze Flasche leisten. Sie zögerte. Dafür konnte sie hier draußen sitzen, die herrliche Luft genießen, statt in ihrer Bruchbude zu ersticken, und in ein paar Stunden konnte sie den Sonnenuntergang ansehen. Dummerweise säße sie an diesem Tisch aber auch ziemlich auf dem Präsentierteller. Ben wusste, dass sie in Westerland wohnte. Es lag also nahe, die Friedrichstraße und die Kurpromenade nach ihr abzusuchen, für den Fall, dass er ihr auf den Zahn fühlen oder ihr gleich den Hals umdrehen lassen wollte.

Beke wandte sich zum Gehen, machte zwei Schritte, dann fiel ihr ein, dass der Supermarkt bereits geschlossen hatte. Also doch das Lokal. Sie drehte sich erneut um und sah, wie ein Pärchen zielstrebig auf den letzten freien Tisch zusteuerte.

»Da haben wir aber Glück«, sagte die junge Frau und strahlte. Dann entdeckte sie Beke. »Oder wollten Sie gerade …?«

»Pech gehabt«, meinte ihr Freund ungerührt. »Da waren wir eben schneller.«

Beke zwang sich zu einem Lächeln. »Nein, nein, ich wollte nicht … Ich muss sowieso …«, stammelte sie und ging eilig davon.

Die Aussicht auf einen Abend allein in ihrer heißen, engen Abstellkammer ließ ihre Laune auf den Nullpunkt sinken. Etwas Gesellschaft und ein Gläschen waren ziemlich verlockend. Ob sie einfach Daniels Einladung folgen sollte? Nein, das konnte sie nicht tun. Sie würde sich fühlen wie das fünfte Rad am Wagen. Auf der anderen Seite hatte sie schon einige Male ein paar von Bjarnes Kumpels kennengelernt. Die waren immer extrem offen und lustig gewesen. Dass jemand nicht dazugehörte, gab es bei ihnen nicht. Insofern … Wieso nicht? Sie blieb mitten in der Fußgängerzone stehen, ein Mann konnte ihr nicht mehr ausweichen und rempelte sie an.

»Oh, Entschuldigung«, stotterte sie.

»Bitte, bitte«, sagte der laut und schenkte ihr ein breites

Lächeln, bei dem ein Goldzahn sichtbar wurde. »Nächstes Mal kannst du mich auch direkt ansprechen«, setzte er gönnerhaft dazu und machte Anstalten, stehen zu bleiben. Der wollte doch nicht mit ihr flirten? Sie sah erschrocken an seinem Bauch herunter, über dem sich ein Poloshirt mit irgendeinem Navy-Aufdruck spannte, bis zu den nackten Füßen, auf deren großen Zehen kleine Haarbüschel wuchsen.

Beke kehrte um und lief zurück in Richtung Bahnhof. Von dort müsste ein Bus runter nach Hörnum fahren, der an der berühmten Strandhütte, der Sansibar, hielt. Soll ich wirklich?, fragte sie sich. Wieder blieb sie stehen, dieses Mal achtete sie jedoch darauf, einer Horde junger Kerle, die Superman-Kostüme und Mützen mit Zöpfen daran trugen und Junggesellenabschied feierten, nicht im Weg zu sein. Nun entscheide dich endlich, sagte sie sich. Aber das musste sie gar nicht. Noch nicht. Eine Fahrradtour würde ihr nicht schaden. Es mochten etwa vier Kilometer von hier bis zur Sansibar sein. Sie würde hinradeln und dann entscheiden, ob sie hineinging.

Mist, sie hatte kein Fahrrad mehr, fiel ihr ein.

In dem Augenblick sah sie den Bus der Linie zwei, zögerte nicht länger, sondern lief los und stieg ein.

Die schwarze Flagge mit den gekreuzten Säbeln wehte im Wind. Auf dem Fußweg, der mitten in die Dünen zu der Holzhütte, einem ehemaligen Kiosk, führte, war eine Menge los. Eine Frau mit einer dicken Farbschicht im Gesicht fiel Beke auf. Sie hatte unnatürliche Schlauchbootlippen, aufgemalte Augenbrauen und einen passenden Mann mit Goldkettchen und bis zum behaarten Nabel offenem

Hemd. Ansonsten war hier alles auf den Beinen, von jung bis alt, Singles, Pärchen und Familien. Die meisten kamen sportlich leger daher und sahen aus, als könnte man mit ihnen einen ungezwungenen Abend verbringen.

Noch wusste Beke trotzdem nicht, ob sie sich hineinwagen würde. Sie konnte genauso gut einen Spaziergang machen und mit dem nächsten Bus zurückfahren. Mal sehen. Es musste doch einen Glaskasten mit der Speisekarte geben. Dann konnte sie sich ein Bild von den Preisen machen. Als sie zwischen besetzten Strandkörben über die überfüllte Terrasse ging und sich danach umsah, flog die Tür auf, und Daniel trat auf sie zu.

»Das is ja schön, dass du noch gekommen bist.« Er nahm sie in den Arm, als begrüße er eine alte Bekannte. Beke fiel auf, dass er die Bermuda-Shorts von vorhin trug. Wie es aussah, war er direkt vom Strand hierhergerast. Das würde heißen, dass er unter den Shorts noch immer nichts trug. »Ich hab dich von drinnen gesehen. Los, komm, wir haben noch ein Plätzchen für dich frei.« Ohne ihre Antwort abzuwarten, schob er sie in das berühmte Lokal. Beke hatte weiße Tischdecken, Tafelsilber und feines Kristall erwartet. Doch da lag sie gründlich daneben. Dunkel war es und sehr rustikal. Die Gäste saßen an derben Holztischen und zum Teil sogar auf dem Boden. Während der eine Champagner zu Austern schlürfte, schob sich der nächste mit einem kleinen Holzpikser Wurststückchen mit einer dickflüssigen Soße in den Mund. Sowohl der eine als auch der andere war barfuß. Jeder sprach mit jedem. Sie war völlig fasziniert von dieser einzigartigen Atmosphäre.

»Das ist Beke, die lütte Schwester von Bjarne Brodersen«,

verkündete Daniel so laut, als wolle er sie im gesamten Restaurant bekannt machen.

»Rückt mal ein bisschen!«, kommandierte einer der Jungs.

»Wir brauchen noch eine Curry«, rief ein anderer einer blonden Kellnerin mit Pferdeschwanz zu.

»Auch ein Bierchen?«

»Ja, gerne.« Ehe sie sich versah, saß Beke mit sieben Surfern am Tisch. Sofort prasselten Fragen auf sie ein.

»Wie geht's Bjarne? Was treibt der Kerl?«

»Der surft echt als Profi? Der Glückliche!«

»War er auch schon in der Mavericks-Bucht dabei, in San Francisco?«

»Ist da nicht gerade wieder einer umgekommen?« Beke hörte mit großen Augen zu, erzählte stolz von ihrem Bruder und fühlte sich zum ersten Mal seit ihrer unglückseligen Begegnung mit Viktor rundum wohl. Sie stellten ihr, ohne zu fragen, eine Currywurst vor die Nase, die herrlich würzig duftete und noch besser schmeckte. Nachdem sie ihr Bier ausgetrunken hatte, stand gleich ein neues da. Wovor hatte sie eigentlich Angst gehabt? Beke fühlte sich, als säße sie mit alten Freunden in ihrer Stammkneipe.

Die Stunden gingen dahin, allmählich verabschiedeten sich die ersten Gäste. Als es draußen längst stockfinster war und sich die Terrasse geleert hatte – nur aus ein oder zwei Strandkörben war noch verhaltenes Kichern zu hören –, hakten drei der Jungs, die auch nach Westerland mussten, sie unter, brachten sie lachend und von Superwellen schwärmend, die sie schon geritten hatten, zum Parkplatz und teilten mit ihr ein Taxi.

Wenig später hatten sie sich verabschiedet. Beke stand allein vor dem weißen Kapitänshaus unter einem dunkelblauen Himmel. Wie schön, dass sie Daniels Einladung gefolgt war. Gute Entscheidung, dachte sie, sehr gute Entscheidung.

Neue Freunde

Beke hatte eine furchtbare Nacht hinter sich. Erst hatte sie nicht schlafen können, weil sie die Ereignisse und Erkenntnisse des Tages einfach nicht in Ruhe lassen wollten. Immerhin war es ihr gelungen, sich die Mordgeschichte wieder halbwegs auszureden. Fakt war, dass Ben seinen Vater früh verloren und die Firma übernommen hatte. Fakt war auch, dass er ihr gegenüber nicht ehrlich gewesen war. Welchen Grund es dafür gab, wusste sie nicht. Es konnte hundert Argumente geben. Die Vertuschung eines Tötungsdeliktes gehörte eher nicht zu den naheliegendsten, hatte sie sich gesagt. Diese Einsicht hatte sie dem Schlaf ein gutes Stück näher gebracht. Ein hungriges Damenkränzchen mit gespitzten Rüsseln und hohem Summen entfernte sie gleich wieder davon. Beke musste das Fenster schließen und auf die Jagd gehen. Als sie die letzte Mücke an die Wand geklatscht hatte, war sie wieder hellwach.

Irgendwann musste sie dann doch eingeschlummert sein. Wie sonst hätte sie von Wasserleichen träumen können, die in dem Moment die Augen öffneten, als sich ein kleiner Junge über sie beugte? Der niedliche blonde Knirps schrie, als sei der Leibhaftige hinter ihm her. Dann verzog sich sein hübsches Kindergesicht zu einer scheußlichen Grimasse, und aus seiner Kehle drang ein hässliches Lachen.

Zweimal war Beke dann noch aufgewacht und hatte sich im Badezimmer den Schweiß von Gesicht und Nacken gewaschen. Als sie jetzt aus der engen Duschkabine trat, fühlte sie sich kein bisschen erfrischt oder ausgeruht. Es fühlte sich eher an, als hätte sie eine ganze Flasche Wein alleine geleert, dabei waren es doch nur zwei Bier gewesen.

Eine Viertelstunde später hockte sie missmutig beim Frühstück.

Die Alleinreisende erzählte gerade der toupierten Dame am Nebentisch: »Kaum bin ich da, läuft mir auch schon dieser amerikanische Schauspieler über den Weg, dieser … jetzt komme ich gerade nicht auf den Namen.«

»Ach, ein bekannter Schauspieler?«

»Ja, ein Hollywood-Star! Wie hieß er gleich noch? Also manchmal ist man aber auch wie vernagelt …« Sie sprach extra laut, damit auch jeder mitbekam, wie viel Glück sie gehabt hatte. Umso ärgerlicher, dass ihr der Name nicht einfallen wollte. »Jedenfalls war der sehr nett. Hat mich aber nicht verstanden. Ich spreche kein Englisch«, fügte sie etwas leiser und deutlich zerknirscht hinzu. Hätte sie geahnt, dass diese Sprache einmal von so großer Bedeutung für sie sein würde, hätte sie in der Schule bestimmt besser aufgepasst.

Beke ging das Geplapper erheblich auf die Nerven. Sie wollte auf alle Fälle vermeiden, in ein solches Gespräch mit hineingezogen zu werden, schnappte sich einen Prospekt der Pension von einer Anrichte und vergrub sich dahinter. Leihfahrräder sind für die Dauer des Aufenthaltes im Zimmerpreis enthalten, las sie. Sieh mal einer an! Da hätte sie sich das Geld für zwei Tage sparen können. Nun gut, genau genommen hatte sie keinen Cent gezahlt. Ben hatte das getan, und er würde auf den Kosten sitzenbleiben. Geschieht ihm recht, dachte sie.

Sie beeilte sich mit dem Frühstück, spülte den letzten Bissen von ihrem Brötchen mit einem großen Schluck Kaffee hinunter und marschierte noch kauend zum Büro der Vermieterin. Kurz darauf hatte sie wieder ein Fahrrad zur Verfügung. Bingo! Die Gangschaltung hakte zwar ein wenig, und es gab keine Klingel geschweige denn eine Hupe, aber sie war wieder mobil, ohne ihr Budget belasten zu müssen.

Zum Sylter Archiv ging sie zu Fuß. Es war Tür an Tür mit der Bücherei in einem Gebäude mit weißen Sprossenfenstern und hübschen Giebeln untergebracht. Efeu klammerte sich an den roten Backstein und ließ den Bau weniger wuchtig und irgendwie lebendig aussehen. Beke stieg die Treppe hinauf und betrat das Archiv. Eine Mitarbeiterin – ein Namensschildchen stellte sie als Cornelia Ahrens vor – telefonierte gerade. Sie nickte Beke fröhlich zu und machte ihr Zeichen, schon Platz zu nehmen. Beke nutzte die Zeit, um sich in Ruhe umzusehen. Der Raum war klein, aber hell und freundlich. In der Mitte standen mehrere Schreibtische in einer Reihe, darauf waren Computer installiert, die man für eigene Recherchen und zum Betrachten digitalisierter Unterlagen nutzen konnte, vermutete sie. An beiden Längswänden gab es hohe Regale, gefüllt mit Büchern.

Beke spürte die vertraute Zufriedenheit, die sie stets überkam, wenn sie von vielen bedruckten Seiten umgeben war. Der Geruch von Papier, die Ausstrahlung, die Bücher in ihren Augen einfach hatten, ergaben zusammen einen Cocktail, den sie sehr mochte. Dagegen konnte ihr jede Wellnesspackung gestohlen bleiben.

»Entschuldigen Sie, es ist eine Menge los im Moment.« Cornelia Ahrens hatte aufgelegt, trat auf Beke zu und gab ihr die Hand. »Was kann ich für Sie tun?«

Beke erläuterte ihr Anliegen. »Im Grunde interessiert mich alles, was mit dem Niedergang der Inselbahn und den Bestrebungen, sie wieder ins Leben zu rufen, zu tun hat. Gab es über die Erbauer, die Planungsphase und den Abbau damals etwas in der Zeitung?«

»Aber ja, natürlich! Das war immer ganz groß in der Presse.« Sie erzählte, dass sie als Kind einmal selbst mit der Rasenden Emma gefahren sei. »Ich komme vom Festland, müssen Sie wissen. Für mich war es eine Enttäuschung, als man die Gleise damals weggenommen hat.«

»So geht es doch sicher vielen. Warum sollte ein Wiederaufbau dann keine Chance haben?«

»Wissen Sie, viele Gäste reisen mit der Bahn an. Die haben teilweise viele Stunden in einem stickigen, ruckelnden Abteil gehockt. Da haben die einfach keine Lust mehr, nur so zum Spaß Bahn zu fahren. Wohin auch?« Sie sah Beke fragend an. »Es gibt einige hübsche Orte, aber die sind alle bestens erschlossen. Per Auto oder auch per Rad kommt man inzwischen überallhin. Und denken Sie nur mal dran, wie dicht jede Ortschaft bebaut ist. Wo wollen Sie denn da noch einen Haltepunkt geschweige denn einen richtigen Bahnhof hinsetzen?« Cornelia Ahrens schüttelte den

Kopf. »Nein, da wird nichts draus. So sehr ich das auch bedaure.«

Ein zaghaftes Klopfen, dann ging die Tür auf. Die Alleinreisende steckte den Kopf herein, entdeckte Beke und war sichtlich irritiert. »Oh, äh, hallo … äh, Verzeihung.« Sie machte Anstalten, die Tür wieder von außen zu schließen.

»Kommen Sie gerne rein«, rief Frau Ahrens.

»Ich wollte nicht stören. Ich wusste nicht, dass schon jemand da ist.« Sie trat ein, machte die Tür hinter sich zu und wandte sich an Beke: »Ich kenne Sie, wir wohnen im selben Hotel.«

»Ja, stimmt. Hallo.« Hotel ist gut, dachte sie. Selbst Pension war ja schon geschmeichelt. Aber wahrscheinlich hatte die Alleinreisende ein erheblich besseres Zimmer als Beke.

»Unser Archiv ist zwar klein, kann aber durchaus mehr als einen Besucher zur Zeit verkraften«, erklärte Frau Ahrens lächelnd. »Nehmen Sie gerne Platz, ich bin gleich für Sie da.« Sie ging an eines der grauen Metallregale und zog mehrere Bücher hervor. Die legte sie Beke auf den Tisch. »Hier, damit können Sie anfangen, wenn Sie mögen. Darin finden Sie einiges über die alten Fahrzeuge, Gleispläne und andere technische Details. Aber das Wichtigste müssen Sie bitte zuerst ansehen.« Damit hielt sie ihr einen Benutzungsantrag hin. »Nicht nur ansehen, sondern bitte auch ausfüllen!«

»Klar, danke.«

»Und was kann ich für Sie tun?« Frau Ahrens wandte sich an ihre zweite Kundin.

»Ja, das ist so, ich war noch nie hier. Also auf Sylt, meine ich. Hier leben ja so viele berühmte Menschen.«

»Was die meisten nicht wissen«, sagte Frau Ahrens und senkte geheimnisvoll die Stimme, »es wohnen noch mehr unauffällige Normalbürger auf Sylt.«

»Ja?« Beke musste schmunzeln. »Ach ja, natürlich.« Die Alleinreisende verlor für einen Moment den Faden. »Mich interessieren aber doch eher die Prominenten. Gibt es ein Verzeichnis von denen? Ich meine, so ein Register, wo ich gucken kann, wer auf der Insel lebt oder ein Haus hat.«

»Mit Adressen und Telefonnummern?«

»Ja, das wäre toll!«

»Das dürften die Herrschaften, die darin verzeichnet wären, ein bisschen anders sehen. Nein, tut mir leid, es gibt das ganz normale Melderegister. Sie müssen rüber ins Einwohnermeldeamt gehen. Das ist gleich drüben im Rathaus.« Sie deutete mit dem Kopf Richtung Fenster. »Für Sylt-Ost ist allerdings Keitum zuständig, dann gibt es noch eine Meldestelle in List. Sie müssen schon genau wissen, wen Sie suchen und wo der wohnt.«

»Ach so, nein, ich dachte eher an eine alphabetische Übersicht. Ich weiß doch noch gar nicht, welche spannenden Leute hier wohnen.«

»Tja, dann wird's schwer«, meinte Frau Ahrens und seufzte. Beke schloss für eine Sekunde die Augen. Das hier war nicht wirklich, oder? Wenn sie den Archivbesuch der Alleinreisenden in ihrem Roman verarbeitete, würde jeder sagen, die Szene sei total unglaubwürdig. »Wenn ich sonst noch etwas für Sie tun kann …«

»Nein, danke … Oder doch. Wissen Sie vielleicht, wo ich so ein Verzeichnis finden kann?«

»Gar nicht. So etwas gibt es nicht. Sie haben da eine echte Marktlücke entdeckt«, ergänzte Cornelia Ahrens.

»Ach, tatsächlich? Das hätte ich jetzt nicht gedacht. Sie meinen, ich sollte so ein Register erstellen? Ich weiß gar nicht, ob ich das kann.« Sie stand auf, nahm ihre Handtasche. »Dann gehe ich gleich mal ins Rathaus.« Sie nickte Beke und Frau Ahrens zu. »Danke schön, auf Wiedersehen!«

Beke hatte das Bedürfnis, ihre Stirn auf die Bücher fallen zu lassen, so erschöpft fühlte sie sich von so viel Einfalt. Die Tür öffnete sich noch einmal.

»Ach, entschuldigen Sie, könnten Sie mir wohl noch ein nettes Café in Hörnum empfehlen, wo ich Friesentorte essen kann?«

»Na, so etwas hatte ich hier bisher auch noch nicht.« Frau Ahrens schüttelte den Kopf. »Leute gibt's!«

»Was sind eigentlich die häufigsten Anfragen? Sie sagten, es sei momentan so viel los.«

»Ach, es gibt so dies und das. Autoren, die Auskünfte für ein Sachbuch brauchen, oder natürlich auch Journalisten. Häufig kommen aber auch Menschen, die ihre eigene Familiengeschichte erforschen.« Das Telefon meldete sich mit einer melodischen Tonfolge. »Entschuldigung. Das Sylter Archiv, Cornelia Ahrens, guten Tag.«

Beke vertiefte sich in die Unterlagen. Mist, sie konnte sich nicht einmal Notizen machen.

»Hätten Sie vielleicht etwas Schmierpapier für mich?«, bat sie, als Frau Ahrens den Hörer aufgelegt hatte.

»Aber klar. Bitte schön.«

»Danke sehr! Sie sagten vorhin, es habe immer viel über die Bahn in der Zeitung gestanden. Könnten Sie mir ein paar Artikel heraussuchen?«

»Eigentlich habe ich für neue Anfragen eine Wartefrist von zwei Wochen …«

»Kann man da denn nichts machen? Ich bin nur noch drei Tage auf der Insel, und wenn ich der Redaktion heute keinen Zwischenbericht liefern kann, dann werden die ungeduldig. Ich bin freie Journalistin, wissen Sie? Ich habe keinerlei Sicherheiten. Wenn die meine Geschichte nicht mehr wollen, dann ist außer Spesen nix gewesen, wie man so schön sagt.«

Frau Ahrens nickte nachdenklich. »Das mache ich sonst eigentlich nie, aber in Ihrem Fall … Sagen Sie das aber bloß keinem weiter!«

»Kein Wort kommt über meine Lippen. Danke sehr!« Heute schien ihr Glückstag zu sein.

Nach sechs Stunden schwirrte Beke der Kopf. Aber es hatte sich gelohnt. Zum einen hatte sie den Namen eines Ingenieurs gefunden, der seinerzeit für den Umbau von Borgward-Sattelschleppern zu Schienenbussen verantwortlich war. Er hatte in der Werkstatt in Westerland gearbeitet und musste doch ein natürliches Interesse am Fortbestand der Bahn gehabt haben. Mit ihm würde sie auf jeden Fall Kontakt aufnehmen. Was aber noch viel aufregender war: Beke hatte einen winzigen Artikel entdeckt, in dem von der Schlägerei zweier Halbstarker berichtet wurde. Einer war der Sohn eines Busunternehmers, der andere war ein Urlauber, dessen Vater auf Sylt im Fahrzeugbau tätig war. Der zweite Halbstarke wurde als O. Jessen bezeichnet. Das konnte nur Ole Jessen, Bens Vater, sein. Das bedeutete, dass Bens Großvater nicht nur einfach im Fahrzeugbau beschäftigt war, sondern in der Westerländer Werkstatt an den Schienenbussen für die Sylter Bahn gearbeitet hatte. Kein Wunder, dass Ben sich so brennend für dieses Thema interessierte und ständig Befürworter einer neuen Inselbahn suchte. Mal sehen, was er zu dieser Entdeckung zu sagen hatte.

»Freut mich, wenn ich Ihnen helfen konnte«, sagte Cornelia Ahrens, als Beke ihr sämtliche Unterlagen wieder über den Tisch schob, und sah auf die Uhr. »Dann bekomme ich neunzig Euro von Ihnen.« Sie machte sich daran, einen Beleg auszufüllen.

»So viel?« Beke schluckte. Das war ein kleines Vermögen! Wie konnte das sein?

»Ja, leider. Sie waren über sechs Stunden hier. Fünf Minuten drüber. Die habe ich schon unter den Tisch fallenlassen. Wären normalerweise noch weitere sieben Euro und fünfzig für die angefangene halbe Stunde gewesen. Aber das wissen ja nur Sie und ich.«

Mist! Beke hatte etwas von sieben Euro gelesen, aber nicht darauf geachtet, dass diese Summe pro dreißig Minuten entgeltpflichtiger Dienstleistung fällig war. Sie zahlte, ihr blieb nichts anderes übrig. Wovon sollte sie jetzt ihre Hotelrechnung begleichen? Selbst wenn sie sich an den restlichen Tagen ihres Aufenthaltes von trockenem Brot und etwas Obst ernährte, würde es hinten und vorne nicht reichen. Wenigstens war sie einer neuen Geschichte im Zusammenhang mit der Rasenden Emma auf der Spur.

Schon siebzehn Uhr. Sie fischte ihr Mobiltelefon aus der Tasche. Noch würde sie in der Redaktion jemanden erreichen. »Moin, Beke Brodersen hier.« Sie beichtete ohne Umschweife, dass aus einer Reaktivierung der Bimmelbahn nichts werden würde. »Dummerweise gibt es auch keine alten Relikte mehr, anhand derer wir die Geschichte optisch umsetzen könnten. Die einzige noch existierende Lok und ein paar Wagen sind irgendwo in den Niederlanden oder in der Nähe der Grenze bei so einem Nostalgie-Verein unterwegs. Aber ich habe eine andere Idee …«

Sie berichtete vom Radeln und Wandern auf der ehemaligen Trasse und legte so viel Euphorie in ihre Stimme, wie sie nur konnte. Ohne Erfolg. Das wäre zwar bestimmt ganz nett, meinte die Redakteurin, aber es fehle der aktuelle Aufhänger, das absolut Neue. Es klang so, als wolle sie unter diesen Umständen Abstand von dem Auftrag nehmen.

Für Beke der schlimmste anzunehmende Fall! Darum sprudelte sie los: »Einen Aufhänger gibt es durchaus. Ich habe nämlich einen Mann ausfindig gemacht, der schon in dritter Generation im Fahrzeugbau tätig ist. Seine Vorfahren waren maßgeblich am Umbau von Sattelschleppern beteiligt. Sie haben daraus diese niedlichen und für die Sylter Bahn typischen Schienenbusse gemacht. Sie wissen schon, die mit diesen drolligen Schnauzen«, säuselte sie übertrieben begeistert.

Volltreffer!

»Ja, die kenne ich. Die sind immer wieder abgelichtet und gezeichnet worden. Klasse! Besuch beim Enkel der Rasenden Emma auf Sylt«, titelte die Redakteurin. So war das doch gar nicht gemeint! »Sehr schön, Frau Brodersen. Wir brauchen natürlich ein Interview mit dem Mann. Ideal wäre, wenn er sich für den Wiedereinsatz der Emma aussprechen würde. Strengen Sie sich ein bisschen an, vielleicht können Sie ihm sogar Bestrebungen in dieser Richtung in den Mund legen.«

Na toll! Ihr Glückstag hatte wohl beschlossen, früh ins Bett zu gehen.

Beke schlich quer durch den Park und weiter in Richtung ihrer Unterkunft. Es hatte nichts gegeben, womit sie der Kollegin aus der Redaktion diesen vermeintlich großartigen Aufhänger hatte ausreden können. Schlimmer noch: Sie hatte gute Miene zu dem für sie bösen Spiel gemacht. Was blieb ihr denn übrig? Sie brauchte diesen Auftrag. Nun hatte sie also zwei Probleme am Hals. Erstens musste sie Geld beschaffen, um ihre Unterkunft vollständig bezahlen zu können. Zweitens konnte sie bei Ben nicht einfach ihr Notizbuch in Empfang nehmen und wieder gehen. Sie musste mit ihm reden. Nein, sie musste ein Interview mit ihm führen und ihm möglichst auch noch Dinge in den Mund legen, die er ihr um die Ohren schlagen würde, wenn er sie später gedruckt zu Gesicht bekam. Von drittens gar nicht zu reden. Drittens hatte sie nämlich Hunger.

Ein Bismarckbrötchen später – es war das Fischbrötchen-Angebot des Tages gewesen – schnappte Beke sich ihr Rad und machte sich auf den Weg nach Wenningstedt. Sie musste die Begegnung mit Ben hinter sich bringen. Wenn sie es recht überlegte, schuldete er ihr etwas, eine Wiedergutmachung für seine Lügen.

Der Gedanke sorgte nicht gerade dafür, dass sie sich besser fühlte. Auf der Höhe des Flughafens fiel ihr etwas ein, und sie bremste abrupt. Da gab es doch diesen Hans Hussel. Er war der verantwortliche Ingenieur für die Lkw-Umbauten gewesen. Sie stand mitten auf dem Fahrradweg und angelte die losen Blätter aus ihrer Tasche, die sie im Archiv bekritzelt hatte.

»Können Sie sich nicht gleich quer zur Fahrbahn stellen?«, rief ein Mann ihr zu, der angefahren kam. Hinter ihm fuhren eine Frau und zwei kleine Mädchen auf Kinderrädern. »Dann passt wenigstens niemand mehr durch.«

»Meine Güte, mit welchem Fuß sind Sie denn vom Strand gestiefelt?«, rief Beke hinter ihm her, während sie, noch halb auf dem Sattel sitzend, zur Seite hüpfte. »Das kann man doch auch nett sagen«, brummte sie, als die Familie längst an ihr vorüber war. Sie suchte weiter ihre Notizen durch. Ha, wusste sie es doch. Dieser Hussel hatte in Westerland gelebt. Es war bestimmt klug, zuerst mit dem zu sprechen, bevor sie Ben zur Rede stellte. Es gab nur einen Telefonanschluss mit dem Namen Hussel in Westerland. Beke wählte die Nummer.

»Hussel, guten Tag«, sagte eine Frauenstimme.

»Beke Brodersen, Moin. Ich bin freie Journalistin und recherchiere zum Thema Sylter Inselbahn.« Stille. »Könnte ich bitte Hans Hussel sprechen?«

»Nein.« Wieder Stille. »Anscheinend haben Sie nicht sehr gründlich recherchiert. Mein Vater ist schon lange tot.«

So ein Mist! Da hatte sie also neunzig Euro für unvollständige Informationen bezahlt.

»Das tut mir sehr leid. Entschuldigen Sie bitte!« Sie machte sich gerade und atmete tief durch. Bloß nicht gleich abwimmeln lassen. »Ich denke schon, dass ich gründlich gearbeitet habe. Der Name Ihres Vaters tauchte im Sylter Archiv im Zusammenhang mit den Borgward-Umbauten auf. Allerdings gab es nirgends einen Hinweis auf sein Ableben. Es tut mir wirklich leid.«

»Schon gut.« Die Stimme wurde weicher. Das war eine Chance!

»Ich möchte Sie auch gar nicht lange aufhalten. Vielleicht darf ich Ihnen nur eine Frage stellen?«

»Das haben Sie gerade getan.« Frau Hussel lachte. »Ich glaube nicht, dass ich Ihnen helfen kann. Ich verstehe nichts von diesen Dingen, aber wir können es ja mal versuchen.«

»Es geht um das Ende der Bahn. Für Ihren Vater, der in erster Linie von den Umbauten lebte, musste das doch ein schwerer Schlag gewesen sein. Hat er nicht für den Erhalt der Bahn gekämpft? Und wissen Sie, ob einer seiner Mitarbeiter ihn dabei besonders unterstützt hat?«

»Das waren zwei Fragen.« Wieder das leise sympathische Lachen. »Ja, natürlich hat mein Vater alle Hebel in Bewegung gesetzt, um die Bahn zu retten. Er hat sich sogar mit dem Sohn eines Mitarbeiters zusammengetan, der extra dafür eine Firma gegründet hat. Ein aussichtsloses Unterfangen. Das endgültige Ende unserer lieben alten Emma war beschlossene Sache. Und dann war da ja auch noch dieser Busunternehmer Wehrmann. Der hat einen Linienverkehr auf Rädern etabliert. Sie können sich vorstellen, dass er alles getan hat, um die Rückkehr der Bahn zu verhindern.«

In Bekes Kopf schrillten alle Alarmglocken. Ole Jessen hatte seine Firma 1971 gegründet, kurz nachdem der Betrieb der Rasenden Emma eingestellt wurde. Und Ole Jessen war es auch, der sich mit dem Sohn eines Busunternehmers geprügelt hat. Alles passte perfekt zusammen.

»Das ist sehr interessant. Wissen Sie, was aus dem jungen Mann geworden ist?«

»Nein. Ich könnte mir vorstellen, dass er heute noch geheime Pläne verfolgt, um irgendwann wieder eine kleine Touristenbahn nach Sylt zu bringen. Wissen Sie, er war ein wenig wie Don Quijote. Aber ich habe das nicht weiter verfolgt. Ich bin nach dem Tod meines Vaters von der Insel weggegangen und erst vor drei Jahren zurückgekommen. Wenn Sie mich fragen, war die Inselbahn ein Nagel zum Sarg meines Vaters. Es hat ihn alles ziemlich aufgeregt. Sein junger Kompagnon damals war einfach zu verbissen und hat jeden unter Druck gesetzt. Er wusste nicht, wann man verloren hat.« Frau Hussel seufzte. »Nun ja, das ist lange her. Ich habe mich mit diesen Dingen nicht mehr beschäftigt. Und mein Bruder weiß, dass ich davon nichts hören will. Darum wird in unserer Familie über dieses Thema nicht mehr gesprochen.«

»Das kann ich gut verstehen. Danke, dass Sie mit mir darüber gesprochen haben. Sie waren mir eine große Hilfe.«

Nachdem Beke sich Notizen gemacht und ihr Telefon weggesteckt hatte, blieb sie noch einen Augenblick stehen und ließ das Gehörte auf sich wirken. Es hatte fast den Anschein, als wäre die Rasende Emma oder deren Wiedergeburt auch der Nagel zu einem weiteren Sarg geworden.

Vor der Tür von Bens Haus atmete Beke mehrmals tief durch. Ruhig bleiben, sagte sie sich. Er war kein Mörder, und sie würde mit ihm eine rein berufliche Unterhaltung führen. Sie hatte diesen Moment so lange herausgezögert, wie es nur ging. Zuerst hatte sie einen Abstecher zur Uwe-Düne gemacht, der höchsten Erhebung der Insel. Hundertneun Stufen führten auf die Aussichtsplattform. Beke hatte sie gezählt. Je höher sie kam, desto wärmer war ihr geworden. Dennoch hatte sie sich gewünscht, die Treppe würde nie enden. Denn wenn sie endete, musste sie umkehren und sich der Begegnung mit Ben stellen. Natürlich waren hundertneun Stufen irgendwann geschafft, sowohl auf dem Weg nach oben als auch auf dem zurück nach unten. Das Rote Kliff war von dort nicht weit. Ein kurzer Besuch drängte sich förmlich auf, redete Beke sich ein. Schließlich musste sie diese berühmte Kampener Landschaft in ihrem Artikel beschreiben können.

Nach einem Spaziergang oberhalb der rostroten Steilküste musste sie sich eingestehen, dass sie sich vor dem zu drücken versuchte, was ihr so sehr auf dem Magen lag. Je eher daran, desto eher davon, hatte sie sich schließlich gesagt. Und nun stand sie hier. Es gab keinen Grund, sich aufzuregen. Dummerweise wussten ihre Knie nichts davon. Sie waren weich wie friesischer Streusel-Käsekuchen. Und ihre Hände zitterten.

Beke starrte den Türgriff an, einen geschwungenen Fisch aus Messing. Klingeln, warten!, kommandierte eine Stimme in ihrem Kopf. Doch sie stand wie gebannt, als müsse irgendetwas passieren. Der Fisch konnte sich zum Beispiel bewegen, oder er würde plötzlich glühen. Oder sich in einen Gürtel verwandeln. Beke stutzte. Dann wanderte ihr Blick von dem Gürtel abwärts über eine helle Leinenhose bis zu zwei nackten Füßen.

»Guten Abend.« Ben stand in der Tür und sah sie an. Er musste sie kommen sehen und lautlos geöffnet haben.

»Hallo!« Er trug ein weißes Leinenhemd zu der Hose, das ziemlich weit offen war über der braunen Haut. Sie schluckte. Musste er ausgerechnet heute so verdammt gut aussehen? »Ich wollte mein Notizbuch holen«, sagte sie hastig und blickte zu Boden.

»Ich dachte, du wolltest dich mit einem Tag Verspätung revanchieren und für mich kochen.« Wie bitte? Das war ja wohl die Krönung! Er tat gerade so, als sei nichts gewesen. »Oder du willst wenigstens mit mir reden«, ergänzte er, bevor sie ihm die Meinung sagen konnte.

»Reden, gutes Stichwort. Ja, das will ich allerdings.«

»Schön, dann komm doch rein.« Er trat zur Seite. Sie musste dicht an ihm vorübergehen. Im Flur brachte sie so viel Abstand zwischen ihn und sich, wie es nur ging, obwohl sie liebend gerne ganz nah bei ihm stehen geblieben wäre und den Duft seines herb-frischen Aftershaves eingesogen hätte. Sie stellte ihre Sandalen an der Garderobe ab, als täte sie das jeden Tag, und folgte ihm in den Wohnbereich. Ihr Büchlein lag noch immer auf dem Esstisch.

»Da ist es ja!« Beke griff nach ihrer Kladde, holte die Loseblattsammlung aus dem Archiv aus der Tasche und stopfte diese zwischen die Seiten des Buches.

»Bitte, setz dich doch. Möchtest du etwas trinken, ein Glas Wein vielleicht? Oder lieber Sekt? Ich habe einen guten Prosecco kalt gestellt.«

»Warum nicht gleich Champagner?«, murmelte sie.

»Der ist nicht kalt«, gab er gelassen zurück.

Wieso konnte sie nicht einfach ihren Mund halten? Er hätte ihren Kommentar gar nicht hören sollen.

»War nicht ernst gemeint«, sagte sie leise.

Es entstand ein peinliches Schweigen. Ausgerechnet in die Stille hinein knurrte Bekes Magen. Sie zog den Bauch ein, hielt die Luft an, es nützte nichts. Es grummelte und gluckerte laut und vernehmlich.

»Vielleicht möchtest du doch etwas kochen?« Nun trat ein amüsiertes Funkeln in seine Augen.

»Nein, danke, ich habe keinen Hunger. Das habe ich immer, wenn ich zu fett gegessen habe. Ich habe mir vorhin eine große Fischplatte gegönnt. Die war wohl ein bisschen …« Wieder gluckste es in ihrem Bauch.

»… fett«, brachte er den Satz für sie zu Ende. »Da hilft Brot, das saugt überschüssiges Fett auf.« Er ging hinüber in die Küche, schnitt einige Scheiben von einem Laib Brot ab und legte sie in einen Korb. Dann holte er eine Käseplatte aus dem Kühlschrank, entfernte die Frischhaltefolie und brachte beides zum Esstisch herüber. »Möchtest du im Stehen essen?«

»Nein, ich wollte gar nicht … Ich wollte dir ein paar Fragen stellen.«

»Interessant.« Er kam mit zwei Tellern und zwei Sektgläsern zurück und öffnete den Prosecco. Automatisch ließ Beke sich auf einen Stuhl fallen. »Ich dachte eher, dass du mir ein paar Antworten geben wolltest. Immerhin warst du einfach verschwunden, als ich gestern nach Hause kam. Ich habe dir vertraut, und du hast mich versetzt.« Er sah sie nicht an, sondern konzentrierte sich darauf einzuschenken, ohne dass der Schaum über den Rand der Gläser schwappte.

»Das ist ja wohl der Knaller!« Beke konnte es nicht fassen. »Hast du deine Vorzimmerdame Viktor nicht getroffen? Er wird dir doch wohl erklärt haben, warum mir die Lust auf ein Schäferdings …« O Mann, das hätte ihr nicht herausrutschen dürfen. Er zog die Augenbrauen hoch und beobachtete sie belustigt. »… auf einen gemeinsamen Abend vergangen ist.« Sie spürte, wie ihre Wangen glühten, und legte die Hände dagegen. »Hab echt zu viel Sonne gekriegt heute.«

Ben setzte sich auf den Stuhl schräg gegenüber. »Nein, Viktor ist nicht recht schlau aus dir geworden. Erst hast du dich als Bewohnerin des Hauses ausgegeben und ihn mit einem Messer bedroht, dann bist du geradezu fluchtartig aufgebrochen. Das hat er mir jedenfalls gesagt.« Er hob sein Glas und sah sie erwartungsvoll an. Wie konnte er jetzt in aller Seelenruhe mit ihr anstoßen?

»Du willst jetzt ernsthaft mit mir Sekt trinken?«, fauchte sie.

»Ja, das will ich. Er wird sonst warm.«

»Ich fasse es nicht! Wie abgebrüht kann man denn sein?«

Seine Wangenknochen traten hervor. »Was hast du eigentlich für ein Problem?«

»Ich? Ich soll ein Problem haben?« Sie funkelte ihn an. »Ja, stimmt, hab ich. Ich habe ein Problem mit Unehrlichkeit! Dadurch, dass Viktor mir über den Weg gelaufen ist, habe ich erfahren, dass du mich von vorne bis hinten belogen hast. Und inzwischen weiß ich sehr genau, wer du in Wirklichkeit bist.« So, nun war es raus. »Prost«, sagte sie trotzig und nahm einen kräftigen Schluck.

»Ach so? Ich bin also der große Lügner, und du bist von Grund auf ehrlich, ja?« Sie schluckte und hatte sofort ein schlechtes Gewissen. »Dann fasse dir mal an deine eigene niedliche Nase! Du spielst mir die erfolgreiche Journalistin vor. Aber im Gegensatz zu dir habe ich keine Ahnung, wer du wirklich bist.«

»Was soll das heißen?«

»Ich weiß gar nicht, wo ich anfangen soll. Du wohnst also am Großneumarkt. Dann müsstest du eigentlich wissen, dass der Italiener Trattoria da Giuseppe heißt, nicht da Luigi.«

»Meine Güte, ich habe nicht so genau zugehört«, verteidigte sie sich. »Ich habe dir doch gesagt, dass ich nicht oft essen gehe.«

»In der Trattoria treffen sich regelmäßig Journalisten. Ich arbeite zwar nicht beim Abendblatt, aber ich habe dort einen Freund. Jeder kennt Giuseppe. Das wäre dir aufgefallen.«

»Ist ja schon gut, ich geb's ja zu. Ich wollte eben einen guten Eindruck machen, weil ich dachte, du hättest in der Redaktion etwas zu sagen und könntest mir den einen oder anderen Auftrag zukommen lassen.«

»Ich dachte, du bist so gut im Geschäft.«

»Mal so, mal so. Als Freiberufler muss man immer sehen, wo man bleibt. Auch wenn's gut läuft.«

»Aha.«

Wieder schwiegen die beiden. Wieder knurrte Bekes Magen, als wolle er sich einmischen. Sie griff nach einem Stück Brot.

»Ist vielleicht doch nicht so schlecht«, murmelte sie.

»Du solltest den Käse dazu probieren.« Er schnitt sich ein Stück ab und schob es sich in den Mund. »Der ist super. Passt perfekt zu dem Prosecco.« Er schnitt ein weiteres Stück ab, spießte es auf und hielt es ihr hin.

»Danke.« Was sollte das hier bloß werden? Beke wäre am liebsten aufgesprungen und weggerannt. Andererseits war der Käse wirklich gut, und es konnte nicht schaden, Bens Laune wieder etwas zu heben. Wenn sie ein Interview mit ihm wollte, war Streit eine ungünstige Strategie.

»Beke, ich möchte dir nicht zu nah treten. Aber man

muss kein Kenner der Branche sein, um zu merken, dass du nicht gerade in der ersten Liga spielst. Ich habe im Internet nach Artikeln von dir gesucht. Du schreibst sehr gut, finde ich.«

»Danke.«

»Aber du hast noch nicht gerade viel veröffentlicht.«

»So wenig nun auch wieder nicht. Ist ja nicht alles online.« Das war ein kläglicher Versuch.

»Wollen wir nicht endlich ehrlich zueinander sein?«

Beke wollte sich gerade aufplustern. Als ob sie je etwas anderes gewollt hätte! Als sie in seine Augen sah, verpuffte ihre Energie wie die Kohlensäure, die aus den Gläsern verschwand. Sein Blick war so weich, er wirkte so verletzlich.

Sie nickte. »Gute Idee.«

»Darauf trinken wir.«

Sie stießen miteinander an, und Ben schenkte ihnen sofort nach.

»Ich bin kein Kollege, das weißt du ja inzwischen. Ich habe aber nie geleugnet, die Firma meines Vaters übernommen zu haben.«

»Du hast mir etwas von Studium und BAföG erzählt«, sagte sie und schnaubte. Dann nahm sie noch einen Schluck. Dieses prickelnde Zeug war wirklich gut.

»Ich habe auch studiert und staatliche Unterstützung bekommen, ohne die ich das nie hätte tun können.« Er zögerte kurz. »Komm!« Ben nahm sein Glas, den Brotkorb und die Käseplatte und ging hinüber zur cremefarbenen Couch. »Ist gemütlicher.«

Beke folgte ihm, achtete aber sorgfältig darauf, dass sie ihm auf dem Sofa nicht zu nahe kam. Bevor sie Viktor gestern getroffen hatte, hätte sie sich auf dieser Sitzlandschaft alles Mögliche vorstellen können, das war jetzt vorbei. »Mein Vater war im Fahrzeugbau tätig, genau wie sein Vater. Allerdings war mein Großvater nicht selbständig. Er hat für den Ingenieur gearbeitet, der die Triebwagen für die Inselbahn konstruiert hat.«

»Herr Hassel. Nein, Hans Hussel. So hieß er.«

»Du hast dich gut auf diese Reportage vorbereitet. Alle Achtung!«

»Ich habe heute den ganzen Tag im Archiv verbracht.«

»Und du hattest wieder keine Sonnencreme dabei.« Er lächelte und stupste ihre Nase.

»Wieso? Was …?«

»Sagtest du nicht, du hättest heute zu viel Sonne gekriegt? Sieht man, du glühst förmlich.«

Toll, danke, dachte sie. Es geht mir gleich viel besser, wenn du das Messer in der Wunde noch einmal kräftig drehst.

»Das kommt vom Sekt.«

Er nickte. »Mein Vater hat im selben Betrieb gelernt, allerdings am Hauptsitz in Hamburg. Aber er hat meinen Großvater natürlich besucht. Als Kind war er in Puan Klent gewesen. Er wurde geboren, als der Zweite Weltkrieg gerade vorüber war. Keine leichte Zeit, um ein kleines Kind durchzubringen. Das Jugenderholungsheim hier auf der Insel wurde vorübergehend von Zwangsarbeitern bewohnt. Aber man hat unterernährten Kindern schnell wieder die Möglichkeit geboten, sich hier ein Bäuchlein anzufuttern.« Er lachte leise. »Es war zwar nur ein Zeltlager auf einer Wattwiese, aber für meinen Vater war es der Himmel auf Erden. Das Größte war für ihn, wenn der Dünenexpress vorbeikam. Er ist immer ein Stück nebenhergelaufen. Erst waren es noch schnaufende Dampfloks, die die Wagen gezogen haben. Bis die von den umgebauten Lkw-Zugmaschinen ersetzt wurden.«

Ben versank immer tiefer in seine Erinnerungen. Beke wurde ganz wohlig ums Herz. Mit einem Wermutstropfen: Wie konnte sie sicher sein, dass er ihr jetzt die Wahrheit erzählte?

»Ich werde nie vergessen, wie mein Vater mir von der Inselbahn vorgeschwärmt hat. Er hat erzählt, dass sie ihn kaum herausbekommen haben aus der Bahn. Und später, als er schon etwas älter war, hat er mit anderen Jungs Münzen auf die Gleise gelegt. Die wurden von der Rasenden Emma platt gewalzt und danach an die Mädchen verschenkt, in die man sich verguckt hatte.« Er warf ihr einen Blick zu, und Beke war froh, dass sie saß. Sie war nicht sicher, ob ihre Beine in diesem Moment nicht unter ihr nachgegeben hätten. »Rasende Emma …« Wieder lachte er. »Meine Lieblings-Anekdote ist die von einem Sylter, der auf der Strecke der Nordbahn irgendwo hier in der Nähe zwischen Wenningstedt und Kampen zu Fuß gegen den Sturm kämpfte. Mein Vater erzählte mir, dass der Lokführer widerrechtlich angehalten hatte, weil das Wetter so furchtbar war und er Mitleid mit dem Mann hatte. Jeder kannte jeden auf der Insel, und der Eisenbahner wollte seinen Kumpel nicht länger durch das Sauwetter stapfen lassen. Also stoppte er den Zug. Weißt du, was der einsame Fußgänger da sagte?« Beke schüttelte den Kopf. »Der Lokführer fragte: Willst mit? Und der Fußgänger antwortete: Nee, lass man, heute nich. Ich hab's eilig!«

Beke konnte nicht anders, sie musste lachen.

»Mein Vater hat die Geschichte zu gerne erzählt. Dabei

hat er sie kaum herausgebracht, weil er jedes Mal so lachen musste, dass ihm die Tränen kamen.« Ben lächelte vor sich hin, seine Augen schimmerten.

»Hat dein Vater versucht, die Inselbahn zu retten?«

»Er hat einem Busunternehmer die Hauptschuld gegeben.«

»Und sich mit ihm geprügelt«, warf Beke ein.

»Mit seinem Sohn, ja. Du weißt wirklich gut Bescheid. Wenn du willst, spreche ich mal mit meinem Freund. Der kann immer gute Journalisten gebrauchen.«

»Das wäre nett. Aber vielleicht sattele ich ja wirklich um und schreibe demnächst Romane.« Beke hatte einen Kloß im Hals, ohne dass sie hätte sagen können, warum. Wie gerne hätte sie jetzt ihre Geschwister um sich. Am liebsten alle auf einmal. Um sich abzulenken, fragte sie: »Warum war er so wütend auf diesen Busunternehmer? Ich denke, der Niedergang der Bahn war sowieso beschlossene Sache.«

»Ja, schon, aber er wollte nichts davon wahrhaben. Und er hat einen Schuldigen gesucht. Da passte dieser Busunternehmer ganz gut. Oder besser gesagt: dessen Sohn. Der Verkehr wurde von der Schiene auf die Straße verlegt, also vom Zug in den Linienbus. Und dieser Sohn hatte meinem Vater gerade ein Mädchen weggeschnappt. Das ist doch wohl genug Grund für eine Prügelei.«

»Allerdings.«

»Na ja, so schlimm war es dann auch nicht. Die Sache mit dem Mädchen, meine ich. Was das angeht, hat mein Vater sich ziemlich schnell getröstet.« Seine Mundwinkel zuckten. »Ich bin 1977 geboren. Noch Fragen?«

Sie lachte. »Nein!«

Er wurde wieder ernst. »Was jedoch den Dünenexpress angeht, war er untröstlich. Darüber ist er nie hinweggekommen.« Beke wollte wissen, wie es mit Hussel und seinem Vater weitergegangen war. Doch er blockte ab. »Können wir morgen weiter darüber reden? Ich würde dir gerne etwas zeigen. Und dann erzähle ich dir auch den Rest. Aber für heute ist es genug davon. In Ordnung?« Er berührte vorsichtig ihre Wange, strich ihr liebevoll eine Strähne hinter das Ohr.

»Ich kann das nicht, Ben.«

»Was kannst du nicht?«

»Das hier. Das heißt, ich weiß nicht, ob ich das kann. Du weißt schon, ein Schäferdings.« Sie senkte unsicher den Blick. »Keine Ahnung, was du dir vorstellst, ob du dir überhaupt so etwas vorstellst. Immerhin hast du mich geküsst. Einmal.« Das hatte enttäuschter geklungen, als es ihre Absicht war.

»Ich würde dich glatt noch mal küssen, wenn dir das irgendwie hilft«, sagte er leise und beugte sich zu ihr herüber.

»Lieber nicht. Ich meine, grundsätzlich schon, aber nicht jetzt. Ich kann nicht länger hierbleiben. Heute nicht. Ich muss erst mal alles sortieren, nachdenken.«

»Okay.«

»Okay.« Sie atmete aus. »Also morgen?«

»Ich hole dich um neunzehn Uhr ab. Passt das?«

»Ja, klar.«

»Wo?«

»Bahnhofsvorplatz«, sagte sie, ohne zu zögern. »Wie üblich.«

Beke hatte wieder schlecht geschlafen. Eine Horde feiernder Jugendlicher war an der Pension vorbeigezogen. Das heißt, sie waren eben nicht einfach vorbeigelaufen, sondern hatten sich eine gute Weile auf dem Bürgersteig vor dem Haus niedergelassen, gelacht und geredet. Das musste, kurz nachdem Beke eingeschlafen war, gewesen sein. Auch später, als wieder Ruhe einkehrte, warf sie sich hin und her, wachte immer wieder auf und konnte ab sechs Uhr kein Auge mehr zumachen.

Sie war total durcheinander. Diese Geschichte mit Ole Jessen ergab zwar einen Sinn, doch sie konnte nicht recht einordnen, welche Rolle Ben spielte, warum er ihr die ganze Zeit etwas vorgemacht hatte. Was sie noch mehr umtrieb, waren ihre Gefühle für Ben. Er war ihr nach drei Tagen so vertraut, als würden sie sich schon ewig kennen. Und ganz offenbar war sie ihm auch nicht gleichgültig. Gab es doch so etwas wie Liebe auf den ersten Blick? Hatte es sie beide erwischt?

Beke war überfordert, das alles war zu viel für sie. Noch vor dem Frühstück rief sie ihren Bruder Broer an. Der war bodenständig. Wenn einer den Knoten in ihrem Kopf und in ihrem Herzen lösen konnte, dann er.

»Moin, Lüttste. Wat is denn mit dir los? Büst du aus'm Bett geplumpst?« Beke erzählte kurz, wo sie war und was sie dort zu tun hatte. »Du büst auf Sylt? Setz dich in die Fähre und komm rüber!«

»Es gibt keine direkte Verbindung von Sylt nach Langeneß.« Wann würde er sich das endlich merken? Wahrscheinlich interessierte es ihn einfach nicht. Seine Gäste, die bei ihm wohnen wollten, kümmerten sich schon selbst darum. Und er wollte ohnehin höchstens mal aufs Festland.

»Fährst eben über Hooge. Dat kann doch nich so schwer sein.«

Beke war nicht mehr sicher, ob es eine gute Idee war, ausgerechnet ihren großen Bruder um Rat zu fragen. Er lebte immer mehr in seiner Halligwelt und verlor anscheinend den Blick für alles andere. Sie beschloss, nur ein wenig mit ihm zu plaudern, ohne Ben zu erwähnen. Es dauerte nicht lange, und Broer hatte sein Lieblingsthema am Wickel.

»Warum kommst du nich endlich nach Hause?«

»Ich habe dir doch erklärt, dass ich auf Sylt eine Sache recherchiere.«

»Nich jetzt. Überhaupt, mein ich. Tu dich mit Ove Matthiesen zusammen. Der fragt noch immer nach dir. Der hat 'n Hof. Da büst du versorgt und auf der Hallig und musst nich immer so komische Geschichten rescherschieren.« Er betonte jede Silbe.

»Ich komme dich auf jeden Fall bald mal wieder besuchen. Versprochen. Jetzt muss ich aber los. Also, Broer, erst mal.«

»Jo, erst mol.«

Beke frühstückte so ausgiebig, dass es, so hoffte sie, für den ganzen Tag reichte. Sie platzte beinahe, als sie auf ihr Fahrrad stieg und sich auf den Weg nach Hörnum machte. Gleich nach dem Telefonat mit ihrem Bruder hatte sie einen Geistesblitz gehabt. Ihr war das Café im Süden der Insel eingefallen, in dem die Wirtin unter akutem Personalmangel litt. Wenn sie dort einen Tag arbeiten konnte, hatte sie ihre neunzig Euro wieder raus. Jedenfalls war das ihr Plan.

»Moin!«

»Moin, kleinen Augenblick …« Schon am Morgen herrschte Hektik. Wunderbar! »Ach nee, die Deern von der Hallig. Na, willst wieder aushelfen? Könnt ich gut brauchen.« Die große blonde Frau war deutlich weniger geschminkt als bei Bekes erstem Besuch. Zwar waren ihre Haare ordentlich frisiert, auch der auffällige Schmuck fehlte nicht, aber für Wimperntusche war anscheinend keine Zeit gewesen. Und auch der Lidstrich sah an diesem Tag aus, als hätte sie ihn in großer Eile gepinselt.

»Das wollte ich tatsächlich«, entgegnete Beke fröhlich. »Ich habe heute nichts vor, und ich sagte ja: Servieren ist meine Leidenschaft.« Sie strahlte. Sich bloß nicht anmerken lassen, dass du das Geld dringend brauchst.

»Is nich wahr!« Die Blonde runzelte die Stirn. »Du willst mir doch nich erzählen, dass du dich sonst langweilst auf Sylt. Moment mal …« Sie schoss hinter einem jungen Mädchen her, das unbeholfen ein Tablett balancierte. »Da fehlt der Orangensaft, das ist doch das mittlere Frühstück, oder?«

»Ja.«

»Also kommt da 'n Orangensaft dazu.« Das Mädchen machte kehrte und musste sich sehr konzentrieren, um den Kaffee nicht überschwappen zu lassen. »Gut, soll mir egal sein, warum du nix Besseres zu tun hast. Vielleicht hat der Himmel einfach mein Stoßgebet erhört. Denn man los!«

»Okay, gerne, müssten wir nur noch das Finanzielle regeln. Ich brauche neunzig Euro«, platzte Beke heraus. Super, im Verhandeln bekäme sie eine glatte Sechs.

Die Blonde stutzte. »Büschen happig, meinst nich?« Sie dachte kurz nach. »Andererseits, wenn du acht Stunden bleibst …«

»So viel Zeit habe ich nicht. Ich muss um neunzehn Uhr

wieder in Westerland sein. Geduscht«, fügte sie zaghaft hinzu.

Die Wirtin lachte schallend. »Du bist vielleicht 'ne Marke. So was ist mir auch noch nich vorgekommen. Wat soll's?« Sie streckte ihr die Hand hin. »Ich bin Grete. Und nu man los. Für Schnacken kriegst das Geld nich.«

Die Stunden flogen nur so dahin. Erst um halb drei wurde es zwischen Mittagsgeschäft und dem Ansturm auf Kuchen und Torte etwas ruhiger.

»Nu mal Butter bei die Fische: Wat macht 'ne Hallig-Deern mit Geldsorgen auf Sylt? Während der Saison gibt's bei euch zu Hause doch genug zu tun. Da könntest du dir doch überall ein paar Euro verdienen. Hast du was ausgefressen?«

Beke fasste kurz zusammen, was sie auf die Insel geführt hatte.

»Ach, die alte Geschichte! Hat dem Hans das Genick gebrochen.«

»Hans Hussel?«

»Jo, war 'n feiner Kerl.«

»Du kanntest ihn?«

»Klar doch! Wir waren gut befreundet.« Grete schien doch mehr Make-up aufgelegt zu haben, als Beke angenommen hatte. Sie musste deutlich älter sein, als ihr Aussehen verriet, denn Hussel war sehr viel älter als Ole Jessen gewesen. Und der war Jahrgang 1945! »War wirklich ein feiner Kerl«, wiederholte sie. »Der hätte ja gern gesehen, wenn die olle Bimmelbahn weiter über die Insel getuckert wär. Tja, is nix draus geworden. Hätt er sich auch mit abgefunden. Bloß da war ja dieser Jungspund, der ihn dauernd getriezt und angetrieben hat.« Ole Jessen, dachte

Beke, sagte aber nichts. »Sein Sohn hat's viele Jahre später auch noch mal probiert, mein ich.«

Beke wurde hellhörig. »Jessens Sohn?«

»Nee, der Sohn von Hans Hussel. Der is irgendwann nach Berlin gegangen und hat bannig viel Kies gemacht, hab ich gehört. 2003 oder 2004 hat er ein Planungsbüro aus'm Ruhrpott beauftragt, die Rentabilität zu berechnen. So'n Tüdelkram! Über dreißig Jahre, nachdem der Bahnbetrieb eingestellt wurde!« Grete tippte sich an die Stirn.

In dem Moment bog die Alleinreisende um die Ecke. »Moin! Ach, Sie schon wieder? Das ist ja ein Zufall!«

»Ja, wirklich.« Ganz blöder Zeitpunkt, dachte Beke. Sie wollte Grete noch nach dem Namen von Hussels Sohn fragen, aber die neue Kundin verwickelte die Wirtin sofort in ein Gespräch.

Als hätten sich vor dem Café einzelne Urlauber, Paare oder kleine Grüppchen versammelt, um gemeinsam die Tische zu stürmen, brach auch noch das Nachmittagsgeschäft los. Beke lief eilig zwischen der Küche und den Gästen hin und her, schleppte schwerbepackte Tabletts und nahm Bestellungen auf. Zwischendurch warf sie immer wieder einen Blick auf die Uhr. Sie wollte auf keinen Fall zu spät aufbrechen und dann womöglich nach neunzehn Uhr oder, noch schlimmer, verschwitzt am Bahnhofsvorplatz auftauchen.

»Ach, Entschuldigung, ist das da drüben nicht die Veronica Ferres?«, hörte sie die Alleinreisende gerade fragen.

»Nee, aber so ähnlich. Dat is Verena Fehrer. Die hat 'ne Würstchenbude am Hafen.«

Es wurde höchste Zeit für Beke, sich zu verabschieden. »Ich müsste jetzt langsam los«, druckste sie.

»Schon? Na gut, den Rest schaff ich schon.« Grete griff in die Kasse und reichte Beke einen Hunderter. »Hier, is für dich, Deern. Hast ja neulich schon mit angepackt. Und das, obwohl du nich alleine warst. War ein schmucker Kerl, den du da bei dir hattest.« Sie presste Beke den Schein in die Hand und schloss ihre Finger darum. »Und wenn du mal wieder Geld brauchst oder dich langweilst, denn kommst vorbei. Aber immer kann ich nich so viel zahlen.«

»Danke schön! Du hast ein paar Stunden bei mir gut.«

Um zehn nach sieben erreichte Beke im Laufschritt den Platz. Sie sah Ben schon von weitem an den grünen Reisenden Riesen stehen. Obwohl sie noch geduscht hatte, lief ihr der Schweiß durch die Eile schon wieder den Nacken herunter. Toll, dann hätte sie sich das Föhnen auch sparen können. Wahrscheinlich klebten ihr die Haare ohnehin gleich wieder im Gesicht.

»Entschuldigung, ich hatte noch zu tun«, rief sie ihm zu. Wenn er jetzt falsche Schlüsse zog, konnte sie nichts dafür. Sie hatte nicht gelogen.

»Kein Problem. Guten Abend.« Er beugte sich unsicher zu ihr herüber. Wenn sie jetzt nicht aufpasste, würde er sie küssen. Am liebsten hätte sie das zugelassen, aber noch war sie nicht so weit. Solange sie nicht wusste, warum er sie angelogen hatte, ging sie lieber auf Distanz. Sonst würde er ihr am Ende nur weh tun.

Er sah enttäuscht aus. »Mein Wagen steht da hinten.« Als Beke das Auto sah, irgendein Oldtimer-Cabriolet, war sie sehr froh, sich für das schicke rückenfreie Kleid und Pumps entschieden zu haben. »Hast du ein Tuch in deiner

Umhängetasche? Wenn du nichts um den Kopf bindest, hast du nachher eine Sturmfrisur.«

Super, sie würde aussehen wie Tina Turner auf Droge. Ben ließ sich geschmeidig auf den Fahrersitz gleiten. Er öffnete das Handschuhfach und berührte dabei ihr Knie. »Entschuldige, war keine Absicht. Hier!« Er hielt ihr einen breiten Seidenschal hin. »Den trage ich um den Hals, wenn es etwas kühler ist. Du kannst ihn haben.«

»Danke.«

Sie fuhren die Hauptstraße durch Wenningstedt und Kampen hinauf bis zur Mautstelle vor dem Lister Ellenbogen. Beke fühlte sich großartig, von der Spannung, die zwischen ihnen lag, einmal abgesehen. Das Auto zog sofort alle Aufmerksamkeit auf sich. Sie genoss die neugierigen Blicke der Passanten. Wahrscheinlich hielten sie die beiden mit ihren Sonnenbrillen und Beke mit dem lässig um das Haar gebundenen Schal für Filmstars. Wenn es noch mehr Leute wie die Alleinreisende aus ihrer Pension gab, würde es bis zur ersten Autogrammanfrage nicht mehr lange dauern. Ben zahlte an dem kleinen Kassenhäuschen und lenkte den Wagen bis zu dem verfallenen Gebäude, an dem sie bei ihrem ersten gemeinsamen Ausflug bereits gestanden hatten. Er stieg aus, kam um das Fahrzeug herum, hielt ihr galant die Tür auf und reichte ihr die Hand. Für eine Sekunde standen sie ganz nah beieinander. Sie nahm den Duft seines Aftershaves wahr. Bloß schnell weg, sonst konnte sie für nichts garantieren. Metallgitter sperrten das Gelände ab. Wir haben hier nichts zu suchen, ging Beke durch den Kopf. Sie hatte auch keine Ahnung, was Ben ihr hier zeigen wollte. Möglich, dass sein Ziel das Leuchtfeuer List-West war, das gleich hinter dem Gebäude auf einer

Düne stand. Sie fragte nicht, sondern folgte ihm sehr konzentriert, um mit ihren hohen Absätzen nicht im Gras stecken zu bleiben.

Ben fing von alleine an zu erzählen: »Du weißt ja inzwischen, dass ich nicht gerade mit dem berühmten goldenen Löffel im Mund geboren wurde. Mein Vater hat in dem Betrieb gelernt, in dem schon sein Vater gearbeitet hat. Ich sagte dir schon, dass er als Kind nach Sylt gekommen ist und sich in die Insel und vor allem in die Bahn verliebt hat. Für ihn war die Insel ein Paradies. Statt zerbombter Straßenzüge waren hier Wiesen, Dünen und die unendlich große Nordsee. Es gab Ruhe und Sicherheit und ständig mehr als genug zu essen.«

Das Metallgitter war an einer Seite an einem Lattenzaun befestigt, der eine kleine Pforte hatte. Ben öffnete sie und ließ Beke den Vortritt. »Hussel war für den Umbau von Lkw-Sattelschleppern zuständig. Mein Großvater durfte für einige Monate von Hamburg nach Westerland gehen und an dem Projekt mitarbeiten. Allerdings hatte die gute alte Emma damals schon ihre beste Zeit hinter sich. Zwischen 1957 und 1967 sind die Gästezahlen auf der Insel um ein Viertel gestiegen. Im gleichen Zeitraum hat der Dünenexpress ungefähr ein Drittel Fahrgäste verloren.« Er zog bedeutungsvoll die Augenbrauen hoch.

»Wahrscheinlich war das auch die Zeit, in der das Straßennetz und der Busbetrieb ausgebaut wurden, oder?«

»Ja, genau.« Er führte sie zu einer großen Fensterfront des Backsteingebäudes, von dem die weiße Farbe abblätterte. »Hinzu kam, dass der Flugsand ständig Probleme gemacht hat. Nicht genug, dass er die Gleise andauernd zugeweht hat, er machte auch den Motoren der Triebwagen ordentlich zu schaffen. Und es kam auch immer häufiger zu Unfällen mit Autos. Die waren mit unseren heutigen noch nicht vergleichbar. Zum Teil müssen hier Karren herumgefahren sein, die stabil wie Pappe waren.« Er lachte bitter. »Da war dann schon mal das Hinterteil weg, nachdem der Zug durchgerauscht war, während der Fahrer vorne noch unversehrt drin saß. Wir sind da«, sagte er unvermittelt, legte seine Hände wie einen Trichter an die schmutzigen Scheiben und sah hinein.

Beke war irritiert und neugierig, was sie wohl zu sehen bekäme. Auch sie spähte durch das milchig gewordene Glas ins Innere. Da war … nichts. Ein großer leerer Raum. Nein, es gab eine Werkbank. Ansonsten nichts.

»Könntest du mir bitte auf die Sprünge helfen?«

»Mein Vater hat nur einmal in seinem Leben wirklich etwas riskiert. Er hat sich selbständig gemacht und von der Erbengemeinschaft, die den Lister Ellenbogen besitzt, dieses Haus gemietet. Er war besessen von dem Gedanken, die Bahn am Leben zu erhalten. Hier oben, wo nicht einmal Gleise waren!« Er schnaubte und schüttelte den Kopf. »Im Zweiten Weltkrieg gab es selbst auf dem Ellenbogen Gleise. Aber nur für das Militär, um Geschützstellungen besser erreichen zu können. Die wurden nach Kriegsende sofort entfernt.« Er berührte ihren Arm, ganz kurz nur, dann ließ er wieder los. »Komm!« Ben ging voraus in Richtung Leuchtfeuer. Dort setzten sie sich auf eine Bank. »Der alte Schuppen hier war sehr viel günstiger als die ehemalige Werkstatt in Westerland. Mein Vater hat Hussel überzeugt, mit ihm das aussichtslose Unterfangen zu starten: den Wiederaufbau der Inselbahn. Die beiden meinten, wenn sie einen ganz neuen Fahrzeugtyp entwickeln könnten, der mit dem Sand zurechtkam, der etwas schneller war und leise und auch noch kostengünstig, dann mussten die Gegner sich einfach überzeugen lassen. Ein technisches Vorzeigeprojekt hätte man auf Sylt sofort durchsetzen können, glaubten sie. Dabei ist sofort nach Stilllegung mit dem Abbau der Gleisanlagen und dem Freimachen der Bahnhofsgelände begonnen worden. Hussel hat relativ schnell eingesehen, dass sie gegen Windmühlen kämpften. Aber mein Vater, der ja sehr viel jünger war als er, war blind für die Realität. Er hat Hussel wohl ganz schön unter Druck gesetzt. Im Grunde hatte sich mein Vater nur mit einem Ziel selbständig gemacht.« Ben sah auf das Meer hinaus.

Beke musste sich zusammenreißen, um ihn nicht zu berühren. Die Sehnsucht nach ihm war so groß, dass sie sich fragte, warum sie sich so quälte. Bjarne würde vermutlich sagen: »Denk nicht so viel nach, Lüttste. Leb einfach drauflos!« Der hatte gut reden. Blöderweise konnte sie das nicht. Sie war zwar auch aus Halligholz geschnitzt, aber anscheinend aus einem ganz anderen Ast. Sie seufzte schwer. Ben schien erst jetzt wieder zu bemerken, dass er nicht allein war.

»Nachdem Hans Hussel dann auch noch gestorben ist, war mein Vater am Ende. Er selbst hatte nicht das Zeug zu einer genialen Neukonstruktion. Dafür hätte er den alten Ingenieur gebraucht. Also ging er nach Hamburg zurück und richtete sich da in einer Art Garage ein. Er ist bei Fahrzeugumbauten geblieben, aber ohne wirklichen Erfolg. Vor allem hat ihn die Rasende Emma noch jahrelang verfolgt wie ein Phantom. Erst 1995, kurz vor seinem Tod, hat er den Mietvertrag für den Schuppen gekündigt.«

»Was? So lange hatte er ihn noch? Hat er das Gebäude denn überhaupt genutzt?«

»Nicht so richtig.« Ben schüttelte traurig den Kopf. »Von der Erbengemeinschaft wurde er mehrfach aufgefordert, sich besser um das Gelände und das Haus zu kümmern. Er hat es immer irgendwie geschafft, die zu besänftigen. Für mich war das Normalität, ich bin damit aufgewachsen: Stress mit Leuten auf Sylt, die ich nicht kannte. Und Stress mit meiner Mutter. Sie hat ihm irgendwann an den Kopf geworfen, dass er allmählich dabei sei, den Verstand zu verlieren.« Er blickte zu Boden. »Das war, kurz bevor er den Mietvertrag gekündigt hat.«

Beke wusste nicht, was sie sagen sollte. »Du hast bei deinem Vater eine Lehre gemacht?«, fragte sie leise.

»Ja. Ich glaube, ich habe gar nicht darüber nachgedacht, was ich beruflich machen will. Mein Großvater war Fahrzeugbauer, mein Vater auch, also wollte ich das auch machen. Was ist mit dir? Gibt es bei euch noch mehr Journalisten in der Familie?«

Beke lachte. »Nein! Bigga ist Bibliothekarin. Das ist aber auch schon der einzige Beruf in unserer Familie, der mit dem gedruckten Wort im weitesten Sinne zu tun hat.«

»Vielleicht ganz gut so.« Er machte eine lange Pause, Beke ließ ihm Zeit. »War nicht ganz einfach, beim eigenen Vater in die Lehre zu gehen. Vor allem nicht bei diesem Vater. Versteh mich nicht falsch«, sagte er hastig. »Er war ein toller Typ.« Kann ich mir denken, dann ist der Sohn wohl nach dem Vater geraten, dachte Beke. »Aber es war eben nicht einfach. Jedenfalls hat Hussels Sohn Michael vor ein paar Jahren wieder an das alte Projekt ›Rückkehr der Rasenden Emma‹ gedacht. Er hat ein Planungsbüro damit beauftragt, einen möglichen Wiederaufbau zu prüfen. Das Gutachten hat ergeben, dass eine Inselbahn diverse Vorteile für Sylt hätte. Neben der Trassenführung gäbe es vor allem das Problem der Vorfinanzierung. Als ich davon hörte, wusste ich sofort: Da musst du investieren! Das hätte mein Vater gewollt.«

»Und du? Willst du das auch? Ich meine, das kostet eine Stange Geld.«

»Ich habe hier seinetwegen das Haus gekauft. Irgendwie dachte ich wohl, damit einen kleinen Traum von ihm zu verwirklichen. Er hat oft davon gesprochen, der Erbengemeinschaft das alte Haus hier abzukaufen. Aber natürlich war ihm klar, dass er dazu überhaupt nicht in der Lage war. So verrückt war selbst mein Vater nicht, sich in dem Punkt zu überschätzen.« Er saß da wie ein kleiner Junge.

Plötzlich hatte Beke wieder das Bild eines Jugendlichen vor Augen, der seinen toten Vater identifizieren muss. Wenn sie ihn doch nur trösten und in den Arm nehmen könnte.

»Aber ich fühlte mich mit dem Kauf nicht besser. Im Gegenteil. Ich fühlte mich schlecht, als würde ich genießen, was er nie haben konnte. Darum dachte ich, wenn die Inselbahn wieder fährt, dann habe ich wenigstens ein bisschen wiedergutgemacht.« Seine Augen schimmerten feucht. Ben stand abrupt auf. »Gehen wir!«

»Warum glaubst du denn, etwas wiedergutmachen zu müssen?« Sie stolperte hinter ihm her. Wenn sie nicht aufpasste, verstauchte sie sich noch den Knöchel.

»Au! Verdammt.« Ben hielt sich die rechte Hand.

»Was ist denn passiert?« Sie war mit zwei Schritten bei ihm.

»Ich hab den blöden Stacheldraht nicht gesehen. Da, direkt neben der Pforte. Ich habe genau reingefasst.«

»Zeig mal her!«

Er stapfte zum Auto. »Ist halb so schlimm. Ich habe Wasser dabei, damit kann ich das ausspülen.« Ben holte eine Flasche aus dem kleinen Kofferraum. Beke stand dicht neben ihm.

»Nun zeig schon her!« Sie nahm ihm die Flasche aus der Hand. »Ich mache das. Ich habe mal Arzthelferin gelernt. Meine zweite Ausbildung.« Sie griff seine Hand. Er hatte sich die Haut wirklich böse aufgerissen. Behutsam spülte sie die Wunde, bis sie sauber aussah. »Hast du Verbandszeug dabei?« Sie blickte zu ihm auf und versank beinahe in seinen traurigen blauen Augen.

Himmel, wenn er sie jetzt nur umarmen würde. Sie standen da und hielten einander mit den Blicken fest. Bekes Atem begann zu zittern. Sie sah, wie sich sein Kehlkopf hoch- und runterbewegte. Er musste schlucken. Ben würde doch nicht anfangen zu weinen? Nicht, dass sie das bei Männern schlimm gefunden hätte, aber dann würde sie garantiert auch in Tränen ausbrechen. Beke dachte, dass sie sich noch nie in ihrem Leben mehr nach der Nähe eines Menschen gesehnt hatte als jetzt. Sein Brustkorb hob und senkte sich schneller. Sie hielt nichts von esoterischem Schnickschnack, aber in dieser Sekunde war sie sicher, dass Menschen eine Aura hatten. Von Ben ging eine Wärme aus, die sie elektrisierte.

Ich halte es nicht mehr aus, dachte Beke. Sie hielt noch immer seine Hand. In dem Moment zog er sie an sich und küsste sie. Seine Lippen waren ganz weich, und er duftete so gut. Sie drängte sich an ihn. Wenn dieser Augenblick nur nie aufhören würde! Ihre Lippen glitten über die seinen, über seinen Hals. Sie vergrub ihre Nase an seinem Haaransatz und lernte seinen Duft auswendig.

Beke hätte nicht sagen können, wie lange sie sich geküsst hatten. Was sie genau wusste, war, wie wunderbar er schmeckte, wie frech und gleichzeitig behutsam seine Zunge ihren Mund erkundet hatte, wie angenehm sich seine Arme und seine Brust an ihrem Körper anfühlten.

»Es will nicht aufhören zu bluten«, flüsterte Ben irgendwann. »Ich glaube, wir sollten es doch verbinden.«

»Oh, ja, klar.« Es dauerte eine Weile, bis sie wieder in der Wirklichkeit ankam. »Ich bin ja eine tolle Arzthelferin. Bin wohl ziemlich aus der Übung. Ist auch schon eine ganze Weile her.«

»Gibt es auch Berufe, die du nicht gelernt hast?«

»Du übertreibst.« Sie steckte den Verband fest. »Es sind nur zwei, Restaurantfachfrau und Arzthelferin.«

»Drei. Du hast das Journalismusstudium vergessen. Das sind ziemlich unterschiedliche Dinge.«

»Stimmt. Man sollte unterschiedliche Dinge ausprobieren, finde ich. Das ist doch eine ziemlich schwere und bedeutende Entscheidung.« Sie drückte ihm einen Kuss neben den Verband und gab seine rechte Hand wieder frei. »Damit muss man viele Jahre leben. Ich finde, man sollte sich da nicht leichtfertig festlegen.« Er legte den Kopf schief und sah sie an. »Was? Stimmt doch. Überleg doch mal, wie viele Jahre Berufsleben man gewöhnlich hat. Ist doch schrecklich, wenn dir dann keinen Spaß macht, was du tust. Also ich finde …« Ben bedeutete ihr mit einer Geste zu schweigen.

»Gehen wir an den Strand?«

Sie fuhren ein Stück und ließen das Auto auf dem letzten Parkplatz des Ellenbogens stehen. Beke war total aufgewühlt. Ein Strandspaziergang war jetzt genau das Richtige. Es war großartig gewesen, ihn zu küssen, und sie wollte definitiv eine Fortsetzung. Andererseits stand seine Unehrlichkeit ihr noch immer im Weg.

»Warum hast du mir nicht von vornherein die Wahrheit gesagt?«, fragte sie ohne Umschweife, als sie aus ihren Pumps schlüpfte.

»Das war keine Absicht.«

»Man lügt doch nicht aus Versehen.« Beke zog eine Schnute.

»Doch, manchmal schon. Als wir uns das erste Mal getroffen haben, war ich gerade dabei, ein wenig die Lage zu sondieren. Ich wollte wissen, wie die Meinung zur Reaktivierung der Rasenden Emma an ausschlaggebenden Schaltstellen der Insel ist.«

»Moment mal, ich kriege das nicht auf die Reihe … Dieser Hussel-Sohn hat vor Jahren prüfen lassen, ob sich das Ganze lohnt. Jetzt, Jahre später, fällt ihm ein: Ach ja, dieses Planungsbüro hatte ja ein positives Ergebnis vorgelegt. Dann kümmere ich mich jetzt mal um die Umsetzung.« Ben holte Luft, aber Beke musste das alles jetzt mal sortieren. »Anstatt Investoren zu suchen und sich auf Sylt um eine mögliche Trassenführung zu kümmern, schickt er dich los, um Meinungen zu sammeln?«

»Nicht ganz.«

Wolken zogen über den blauen Himmel. Der Sand war warm unter ihren Füßen. An diesem nördlichsten Zipfel des Eilands, wo Schilder vor dem Baden warnten, weil die Strömung selbst für gute Schwimmer zu stark war, tummelten sich um diese Uhrzeit nicht viele Touristen. Es waren wohltuend wenige Menschen in der weitläufigen Natur unterwegs, so dass Beke und Ben ungestört reden konnten.

»Michael leitet in Berlin eine Fabrik. Nachdem er das Ergebnis des Planungsbüros bekommen hat, wollte er das Projekt gleich in Angriff nehmen. Er hat auch direkt eine Stiftung ins Leben gerufen, nur hatte er nicht viel Zeit dafür. Er macht das nur nebenbei, als Liebhaberei, musst du bedenken.«

»Klar, da vergehen schnell mal ein paar Jahre.« Beke schüttelte verständnislos den Kopf.

»Das ist wirklich so. Aber er war gar nicht untätig. Nur ist er hier auf der Insel nicht weitergekommen. Zwar gehören noch viele Strecken den Gemeinden, aber die haben nicht gleich hurra geschrien. Also dachte er, es wäre gut, erst Investoren zu finden. Wenn du sagst: Hey, wir haben schon die Hälfte der zu erwartenden Kosten parat liegen, fallen einige Verhandlungen deutlich freundlicher aus. Er hat mich gezielt angesprochen, und wir haben gemeinsam weitere potentielle Interessenten ins Boot geholt. Sechzig bis siebzig Millionen Euro kriegst du nicht ohne weiteres zusammen.«

»Nicht?« Beke machte große Augen, und Ben knuffte sie in die Seite. »He, pass auf deine Hand auf, sonst blutet es gleich wieder.«

»Nein, da brauchst du etwas mehr als ein positives Gutachten. Wir sind nicht weitergekommen, weil wir natürlich immer gefragt wurden, ob denn schon eine Trasse zur Verfügung steht und ob von Seiten der Inselverwaltung grünes Licht käme. Das mussten wir verneinen.« Der Wind fuhr durch den Strandhafer und ließ ihn leise rascheln. Auf der anderen Seite rollten die Wellen gleichmäßig auf den fast weißen Sand. »Anfang des Jahres wollte ich eigentlich schon aufgeben. Mir liegt die Sache zwar wirklich sehr am Herzen«, erzählte er weiter, »aber ich wollte nicht so verbissen enden wie mein Vater. Doch Michael hatte eine Idee, die mich überzeugt hat. Er meinte, ich solle, wann immer ich auf der Insel bin, erzählen, dass ich davon gehört hätte, die Bahn würde wieder in Betrieb genommen werden. Ich sollte gewissermaßen das Gerücht streuen, es gäbe diesbezüglich konkrete Pläne.« Er machte eine Pause.

Beke sah ihn an. Das sollte eine tolle Idee sein?

»Klasse Einfall, ehrlich. Ich habe am eigenen Leib erleben dürfen, wie toll das funktioniert. Die Mitarbeiterin in der Touristeninformation hat sich beinahe die Schenkel blutig geschlagen vor Lachen.«

»Michaels Idee war etwas umfangreicher …« Er zögerte. »Ich war sozusagen nur ein Teil des Plans.«

»Aha. Und wer oder was war Teil zwei?«

»Das war ein Mann, den er auf die Pressekonferenz in Hamburg geschickt hat.«

Beke blieb stehen und starrte ihn an. »Wie bitte? Der Typ auf der PK kam von euch? Der hat mir also absichtlich ein Märchen aufgetischt? Wozu?«

»Liegt das nicht auf der Hand?«

»Nee, auf meiner jedenfalls nicht.« Das war echt zu hoch für sie.

»Wir dachten, wenn das Gerücht erst einmal in der Welt ist, dass die Inselbahn wieder fahren wird, verselbständigt sich die Sache. Sozusagen eine sich selbst erfüllende Prophezeiung. Ein Journalist oder in diesem Fall eine Journalistin, die glaubt, diese Geschichte exklusiv zu haben, erschien uns als ideales Mittel, um das Ganze zu verbreiten.«

»Ich glaub's nicht«, stöhnte sie, drehte um und stapfte zurück Richtung Parkplatz. Sie musste sich bewegen, sonst würde sie platzen. Außerdem war sie nicht sicher, ob sie sich das noch lange anhören wollte.

»Ich habe mir vorgestellt, dass sich immer mehr Leute finden, die dafür sind und dafür kämpfen, dass die Stiftung eine Chance hat.« Ben hatte sie eingeholt. »Das Tuten einer Dampflok, das weit auf der Insel zu hören wäre, wie auf Rügen, wäre doch hübsch. Oder findest du nicht?«

»Doch, klar. Nur würde es ganz sicher keine Dampflok werden, wenn die Bahn überhaupt eine Chance hätte. Danach sieht es aber leider nicht aus.«

»Die Inselbahn war ein Stück Sylt und für den Fremdenverkehr unverzichtbar.« Ben klang beinahe verzweifelt. »Da muss doch etwas zu machen sein. Die Emma hat dazu beigetragen, aus der Insel die ›Königin der Nordsee‹ zu machen.«

Wieder blieb Beke stehen. Sie stemmte die Hände in die Hüften. »Na, nun übertreib mal nicht. Warst du überhaupt schon mal auf einer Hallig?«

»Nein, bisher noch nicht.«

»Dann solltest du etwas vorsichtiger mit solchen Titeln sein.«

Er nahm ihre Hand. »Würdest du sie mir zeigen? Deine Hallig, meine ich.«

»Im Ernst?«, fragte Beke. Er nickte. »Da gibt es aber nicht viel zu sehen.«

Ben zog sie zu sich heran. Sein Gesicht war ihrem ganz nah. »Du bist dort aufgewachsen. Das reicht mir, um es interessant zu finden.« Seine Lippen waren nur noch wenige Zentimeter von ihren entfernt. Musste er sie jedes Mal so hinhalten, bevor er sie küsste? Himmel, das war ja nicht auszuhalten. Bevor sie noch lange wartete, ließ sie ihre Schuhe in den Sand fallen, legte die Arme um seinen Nacken und küsste ihn. Sie spürte seine Hand auf ihrem Rücken. Er zog sie an sich. Ihre Schenkel berührten einander, rieben aneinander. Beke zitterte vor Erregung. Im Grunde konnte ihr doch die ganze Sache mit seinem Vater, diesem Hussel und der Rasenden Emma egal sein. Sie raste vor Verlangen. Mehr musste sie nicht interessieren, beschloss sie.

»Es tut mir leid, dass ich nicht ehrlich zu dir war«, murmelte er zwischen zwei Küssen. »Es ging alles so schnell. Ich habe begriffen, dass du diejenige sein musstest, der unser Mann den Floh ins Ohr gesetzt hat. Und ich habe gemerkt, dass du mich für einen Kollegen hältst.«

Sie löste sich ein wenig von ihm und sah ihm in die Augen. »Und da bist du nicht auf die Idee gekommen, mir die Wahrheit häppchenweise beizubringen. Du hättest sagen können, du interessierst dich für das Thema, weil deine Vorfahren diese drolligen Borgward-Umbauten gemacht haben. Das wäre vielleicht nicht die ganze Wahrheit, aber wenigstens nicht gelogen gewesen.« Sie gab ihm einen Kuss. Nur einen noch, dann war er wieder dran.

»Ich weiß auch nicht. Du warst so drollig.«

»Bitte?« Sie rückte von ihm ab.

»Ja, ich fand dich vom ersten Moment an so niedlich. Da hat sich die Idee, mich als Kollege auszugeben, von ganz allein angeschlichen. Ich dachte, das ist eine gute Möglichkeit, um Zeit mit dir zu verbringen.« Er sah sie unschuldig an. »Hat doch geklappt.«

Drollig! Hübsch wäre ein nettes Kompliment gewesen. Oder auch attraktiv. Aber bitte nicht drollig oder niedlich. Sie wäre gern beleidigt gewesen, doch sein Blick brachte sie zum Lächeln.

»Wegen der Urlaubserinnerungen deines Vaters investierst du also in ein hoffnungsloses Projekt! Und du führst auch noch ahnungslose engagierte Menschen professionell aufs Glatteis.«

»Es sind nicht nur Erinnerungen, das weißt du. Es ist vor allem mein schlechtes Gewissen.«

»Aber warum? Das verstehe ich nicht. Es ist doch nicht deine Schuld, dass die Bahn nicht mehr fährt. Es ist auch nicht deine Schuld, dass dein Vater ein Phantom gejagt hat.«

»Das ist es nicht.« Er ließ sie los. Etwas in seinen Augen veränderte sich. Beke hatte den Eindruck, er entfernte sich von ihr.

»Wofür, glaubst du, wollte dein Vater unbedingt die Bahn-Renaissance erreichen? Ich meine, was war der wirkliche Grund?«

Ben dachte kurz nach. »Er wollte wohl, dass sich auch andere Menschen, vor allem Kinder, so freuen können wie er damals«, antwortete er leise. »Und er wollte sicher auch das Beste für seine Familie. Ich glaube, er hat immer auf den Durchbruch des Projekts gehofft, weil er dachte, er könne damit reich werden und uns dann mehr bieten.«

»Immerhin hat er dir ein kleines Unternehmen hinterlassen. Und du bist jetzt stinkreich.« Sie sah seinen ablehnenden Blick und grinste keck. »Okay, du bist wirtschaftlich ganz weit vorne. Das würde ihn doch sicher freuen.«

»Ja, das nehme ich an.«

»Warum bist du dann nicht einfach glücklich?« Bevor er etwas sagen konnte, sprach sie weiter: »Weißt du, ich habe das bei den Urlaubern auf der Hallig schon nie verstanden. Die sind jeden Abend gut essen gegangen, waren gesund, hatten ein gutes Leben und haben immer nur davon gesprochen, dass sie wahlweise ein schlechtes Gewissen, Angst vor der Zukunft oder einfach Depressionen hatten. Latent unglücklich, obwohl sie alles haben.« Sie zuckte mit den Schultern. »Wieso ist das so? Und dann gab es da diesen Mann im Rollstuhl, der regelmäßig nach Langeneß gekommen ist. Der hat bei einem Autounfall beide Beine verloren. Auf den Autofahrer, der in den Unfall verwickelt war, war er nicht böse. Im Gegenteil, der tat ihm sogar leid, weil der mit einer so großen seelischen Belastung leben muss. Ihm ginge es auch ohne Beine prima, meinte er immer. Wieso bist du nicht einfach glücklich?«, wiederholte sie. »Das kriege ich nicht zusammen.«

»Du bist klug, Beke.« Er sah sie lange ernst an, als suche er in ihren Augen Antworten. Dann sagte er: »Ich bin glücklich. In diesem Moment bin ich sehr glücklich.« Beke bekam eine Gänsehaut. Ben küsste sie noch einmal zart auf den Mund. Als er sich von ihr löste, wanderte sein Blick zum Horizont. »Sieh dir das an!«, flüsterte er.

Beke schaute über das Meer. Die Sonne war nur noch ein gelbglühender Halbkreis, der auf der Linie zwischen Nordsee und Himmel balancierte. Das Wasser war glatt wie selten hier oben und schimmerte violett. Der Himmel changierte vom hellen Apricot ganz oben bis zu einem dunklen Orange dort, wo er auf das Meer traf. Auf Langeneß hatte es unzählige wunderschöne Sonnenuntergänge gegeben, aber dieser hier hatte einen besonderen Zauber.

Das mochte an Ben liegen, der neben ihr stand und seinen Arm um sie legte. Still beobachteten sie, wie die Sonne innerhalb weniger Minuten hinter dem Horizont versank. Schließlich war sie fort und ließ ein dunkelblaues Meer und einen glühend roten Himmel mit lila Wolken zurück, der sich auf dem nassen Sand spiegelte.

»Abends ist der Tag am schönsten«, sagte Ben versonnen. Dann wurde ihm klar, was er da gerade von sich gegeben hatte. »Ich meine …«

»Ich weiß, was du meinst.« Sie legte den Kopf an seine Schulter. »Ja, das finde ich auch. Als Kind hatte ich immer Angst vor der Dunkelheit. Sie war auf Langeneß so endgültig, so allumfassend. Bei uns gibt's keine Straßenlaternen. Wenn's dunkel ist, ist es richtig düster. Heute mag ich das. Der Abend hat eine ganz eigene Atmosphäre, so eine Ruhe und Gemütlichkeit.«

Er nickte langsam. »Genau.«

Schweigend betrachteten sie die Färbung des Himmels und des Wassers, sahen Paare, die eng umschlungen ebenfalls das Schauspiel einer weißen Nacht genossen, und hörten dem zarten Glucksen des Wassers zu. In dem Moment knurrte Bekes Magen.

»Ich wusste, dass das passiert«, sagte Ben in gespielter Resignation. »Warte hier!« Er gab ihr einen Kuss auf die Wange und lief in Richtung Parkplatz davon. Kurz darauf war er mit einem Picknickkorb zurück. Sie setzten sich in den Sand.

»Wir haben hier Käse und Brot, ein paar Oliven … und Kuchen von gestern.«

»Klingt toll! Und was ist mit diesem leckeren prickelnden Zeug von gestern?«

Ben warf ihr einen tiefen Blick zu. Seine Augen blitzten. »Wenn du Prosecco willst, musst du nachher noch mit zu mir kommen.«

»Schon überredet!« In ihrem Bauch schlug ein Dutzend Schmetterlinge Purzelbäume.

Abschied von Sylt

Beke hatte wunderbar geschlafen. Nun wurde sie von einem Gefühl wach, das sie nicht gleich zuordnen konnte. Es war ein angenehm zartes Streicheln auf ihrem Bauch. Sie rekelte sich zufrieden. Das Streicheln wanderte tiefer. Mit einem Schlag war die Erinnerung an die vergangene Nacht zurück. Sie war bei Ben. Ihr fiel ein, dass sie schon im Flur übereinander hergefallen waren und sie ständig Angst gehabt hatte, Viktor könne plötzlich auftauchen. Er war nicht aufgetaucht. Sie hatten im Wohnzimmer Prosecco getrunken, sich geküsst und gestreichelt. Irgendwann waren sie in Bens Bett geschlüpft und hatten miteinander geschlafen. Allein bei dem Gedanken daran spürte Beke ein wohliges Ziehen. Anscheinend wollte Ben jetzt da weitermachen, wo sie irgendwann im Morgengrauen aufgehört hatten. Ihr sollte es recht sein. Sie schlug die Augen auf.

»Guten Morgen.« Ben war bereits angezogen. Also wollte er doch nicht nahtlos weitermachen. Er beugte sich zu ihr herunter und küsste sie lange. Beke schlang ihre Arme um seinen Nacken. Vielleicht konnte sie ihn umstimmen. Behutsam löste er sich von ihr. Schade.

»Kaffee oder Tee?«

»Hast du schwarzen Tee oder Kräutertee?«

»Beides.«

»Und grünen Tee?«

»Ja, ist auch da, glaube ich.«

»Hm, ich weiß nicht, so viel Auswahl habe ich nicht immer. Vielleicht doch Kaffee. Oder?«

»Wie du willst. Brötchen oder Croissant?«

»Croissant ist lecker, aber auch so fettig …«

»Ich bringe beides mit«, beschloss er. »Kannst du dich immer so schlecht entscheiden?«

»Nicht immer. Wenn du mich jetzt zum Beispiel fragst, ob ich aufstehen will oder mit dir noch etwas liegen bleiben, weiß ich sofort, was ich will.«

»Ich frage aber nicht. Du kriegst mich nur gut dosiert, sonst hast du womöglich gleich wieder die Nase voll.« Er gab ihr noch einen Kuss und ging dann zur Tür. »Ich fahre zum Bäcker. Du kannst also duschen.«

Nach dem Frühstück machten sie sich auf den Weg in das Zentrum von Wenningstedt.

»Ich möchte dir etwas zeigen«, hatte Ben gesagt. »Ist vielleicht interessant für deinen Artikel, den du schreiben willst.«

Jetzt standen sie vor einem kleinen grünen Hügel mit einem niedrigen, von Steinen eingerahmten Eingang.

»Süß«, sagte Beke. »Sieht aus wie im Auenland. Würde mich nicht wundern, wenn gleich Herr Frodo mit seinen großen behaarten Füßen aus der Höhle tapsen würde.«

»Deine Hobbit-Höhle ist ein Großsteingrab.« Als ob sie das nicht wüsste. Sie hatte sich schließlich auf ihren Job hier vorbereitet.

»Ich glaube es nicht«, flüsterte Beke.

»Doch, wirklich. Man hat darin im neunzehnten Jahrhundert eine Leiche gefunden und Grabbeigaben. Die sind aber …«

»Das meine ich nicht. Die Frau da hinten …« Beke deutete auf eine Besucherin des Steinzeit-Denkmals. »Sie wohnt in derselben Pension wie ich. Die hält ständig Ausschau nach irgendwelchen Prominenten.«

»Dann hat sie ja Glück. Ist das nicht der Schauspieler, der in dem deutschen Kinofilm über das Leben von Niki Lauda mitgemacht hat?« Ben deutete mit einer unauffälligen Kopfbewegung zu einem Mann mit braunen Haaren, Dreitagebart und aufmerksamen Augen. In dem Moment, als Beke ihn erkannte, hatte die Alleinreisende sie entdeckt.

»Also das ist jetzt aber wirklich ein Zufall«, rief sie und steuerte auf Beke und Ben zu. »Ich habe Sie heute gar nicht beim Frühstück gesehen«, meinte sie und musterte Ben mit unverhohlener Neugier. Vermutlich überlegte sie gerade, ob man ihn aus dem Fernsehen kannte.

»Schon möglich«, erwiderte Beke und schmunzelte.

»Wir scheinen ein ähnliches Programm zu haben. Da hätten wir auch gleich gemeinsam losziehen können, was?« Statt zu antworten, lächelte Beke unverbindlich. »Wenn wir uns das nächste Mal treffen, müssen wir auf jeden Fall Friesentorte zusammen essen.«

Beke ging nicht darauf ein. »Was ist eigentlich aus Ihrem Promi-Register geworden?«, fragte sie stattdessen. »Haben Sie schon damit angefangen?«

»Das ist gar nicht so einfach. Ich meine, wie soll man denn das machen?«

»Ich denke, Sie treffen immer mal wieder berühmte Menschen. Dann fragen Sie doch einfach, ob die nur zu Besuch sind oder hier ein Häuschen haben.« Die Frau zog ein Gesicht. Bekes Vorschlag überzeugte sie nicht. »Sie können gleich bei ihm anfangen.« Beke nickte dezent mit dem Kopf und blickte in die Richtung des jungen Schauspielers.

Aufgeregt drehte sich die Alleinreisende um. »Bei wem? Wer soll das sein?« Musste sie sich so auffällig benehmen und so laut sprechen?

»Das ist Niki Lauda aus dem Film …« Weiter kam Beke nicht.

»Das ist doch nicht Niki Lauda«, erklärte sie sehr bestimmt. »Der hat doch noch beide Ohren!«

»Ich unterbreche die Damen ungern, aber wir haben heute noch ein volles Programm. Wenn wir jetzt nicht hineingehen, wird es nachher knapp.«

»Ach so, ja, dann viel Spaß. Mir reicht der Hubbel von außen. Habe gehört, drinnen ist sowieso nichts zu sehen. Und bei dem schönen Wetter … Na dann, bis später!« Sie zwinkerte Beke zu. »Niki Lauda«, flüsterte sie kopfschüttelnd, während sie sich umdrehte und ging. »Der sieht ihm nun wirklich kein bisschen ähnlich.«

»Wir haben also noch ein volles Programm?« Beke sah Ben fragend an.

»Das war vielleicht ein bisschen übertrieben. Aber erstens habe ich befürchtet, dass es noch richtig peinlich wird, wenn die Dame sich lautstark über fehlende Ohren auslässt. Und zweitens will ich dich keine der kostbaren Minuten, die uns noch bleiben, mit anderen teilen.«

»Gut gemacht!« Sie küsste ihn auf die Wange. Beke wurde das Herz schwer.

Am späten Nachmittag ging ihr Zug zurück nach Hamburg. Zwar hatte Ben ihr angeboten, noch eine Nacht bei ihm zu bleiben, aber das konnte sie nicht. Ausgerechnet am nächsten Morgen musste sie bei einer Neueröffnung eines renommierten Hamburger Hotels erscheinen. Eine Tageszeitung hatte sie damit beauftragt, weil alle Redakteure entweder ihr freies Wochenende oder bereits andere, wichtigere Termine hatten. Als sie diesen Mini-Auftrag übernommen hatte, war sie noch froh gewesen über das kleine Honorar, das sie sich damit sicherte. Jetzt tat es ihr von Herzen leid. Aber absagen kam nicht in Frage, wenn Ben auch noch so sehr versucht hatte, sie dazu zu überreden.

Sie mussten sich bücken, um in das Innere der Grabanlage zu gelangen. Dunkelheit und feuchte Kühle erfassten sie. Welch ein Unterschied zu dem gleißenden Sonnenlicht und der Wärme draußen! Ein junger Mann, der Fremdenführer dieser historischen Attraktion, knipste das Licht an. Die hatten tatsächlich Strom in die über viertausend Jahre alte Anlage gelegt! Und es gab Sitzkissen auf den geschichtsträchtigen Steinbänken. Eine junge Mutter, die neben dem Schauspieler saß, nutzte die Gelegenheit, um ihn flüsternd um ein Autogramm zu bitten.

»Ich liebe Ihre Filme«, wisperte sie. »Vor allem dieses Rennfahrer-Drama. Ganz toll!«

Dann ergriff der Fremdenführer, ein Archäologiestudent, das Wort: »So, dann mal hartelek welkemen im Denghoog, herzlich willkommen! Sie sind hier nicht in der Wohnhöhle eines Hobbits.« Allgemeines Gelächter.

»Siehst du, sag ich doch«, raunte Beke Ben zu.

»Es handelt sich vielmehr um eine Megalithanlage, die aller Wahrscheinlichkeit nach auch als Thinghügel, also als Versammlungsplatz und Richthügel genutzt worden ist.« Beke hörte ihm nicht mehr zu. Die letzten Tage spielten sich im Schnelldurchlauf vor ihrem inneren Auge ab. Sie hatte so große Hoffnungen in diese Geschichte über die Inselbahn gelegt. Und nun? Einen Reisebericht über Radfahren oder Wandern auf der alten Trasse wollte die Redaktion nicht haben, das Interview mit Ben wollte Beke nicht schreiben. Sie würde mit leeren Händen nach Hause fahren. Nein! Sie hatte Ben gefunden. Beke sah ihn von der Seite an. Sofort wandte er sich ihr zu. Sie tauchte in seine Augen ein, versuchte darin zu lesen. Würden sie sich in Hamburg wiedersehen? Ja, das würden sie. Da war sie sich ganz sicher. Aber war es wirklich etwas Ernstes zwischen ihnen, oder hatte ihre Affäre wenigstens das Zeug dazu, etwas Ernstes zu werden? Sie hatten sich nicht ihre Liebe gestanden, selbst im größten Überschwang der Gefühle nicht, den es letzte Nacht zweifellos gegeben hatte. Aber sie hatten davon gesprochen, dass sie zusammen nach Langeneß fahren wollten.

»Bin gespannt, wie du im Alltag bist«, hatte er gesagt. »Ob du mich mit deiner Entscheidungsschwäche zur Weißglut treiben wirst?«

»Was soll ICH denn sagen? Ich habe doch keine Ahnung, was dir wichtig ist im Leben, worauf du Wert legst, was du nicht leiden kannst. Feinabstimmung, wenn du weißt, was ich meine. Das ist wichtig.«

»Klar, das ist doch eine ziemlich schwere und bedeutende Entscheidung. Damit muss man viele Jahre leben«, hatte er sie zitiert. »Ich finde, man sollte sich da nicht leichtfertig festlegen.«

Ein warmes Gefühl breitete sich in ihrem Bauch aus, als sie sich jetzt diese Worte ins Gedächtnis rief. Damit muss man viele Jahre leben. Konnte er sich tatsächlich viele Jahre mit ihr vorstellen? Beke konnte es. Sie würde es jedenfalls liebend gerne darauf ankommen lassen. Noch immer sah sie ihm tief in die Augen. Plötzlich wurde sie sich der Stille bewusst. Sie sah sich um und wurde rot. Alle Blicke waren auf sie und Ben gerichtet. Mist, dieser Student hatte anscheinend eine Bemerkung gemacht. Die war allerdings nicht bis in Bekes Hirn vorgedrungen. Die Besucher lachten. Sie lachten die beiden nicht aus, sondern freuten sich über zwei Verliebte.

Zurück an der Oberfläche holte Beke tief Luft. Herrlich! Da drinnen war es doch ungemütlicher gewesen, als sie gedacht hätte.

»Und jetzt?« Sie hakte sich bei Ben unter. »Was macht der gemeine Teilzeit-Sylter nach so einem Ausflug in die Gruft? Austern essen?«

»Du kannst es nicht lassen, oder? Hast du überhaupt schon mal Sylter Austern probiert? Mit Rotwein-Schalotten-Essig und einem Hauch gemahlenem Pfeffer sind die wirklich gut.«

»Nee!« Sie schüttelte sich. »Hast du denn schon mal Möweneier probiert? Die von Langeneß sind ausgezeichnet.«

»Ist nicht dein Ernst.«

»Doch. Als Kinder haben wir den Möwen manchmal welche gemopst. Du musst sie ziemlich lange kochen lassen. Übrigens schmecken die auch ohne Rotwein-Schalotten-Dings lecker. Eine Prise Salz reicht.« Sie schlenderten den Weg zwischen Wiesen entlang Richtung Dorfteich.

»Und ihr habt wirklich zwanzig Mal im Jahr Landunter? Kann ich mir gar nicht vorstellen.«

»Manchmal auch öfter, ja. Ich bin damit aufgewachsen. Es war für uns normal, unsere Spielsachen oder die Schubkarre auf die Warf zu bringen, wenn das Hochwasser besonders kräftig angekündigt war. Im Herbst, wenn Sturmsaison war, lag eigentlich nie etwas unten vor der Warf herum. Wäre sowieso weggeflogen.« Sie lächelte. »Komisch, die Leute vom Festland können sich nicht vorstellen, wie das ist, wenn man regelmäßig auf seinem kleinen Wohnhügel gefangen ist oder nur per Paddelboot zu den Nachbarn kommt. Ich konnte mir erst gar nicht vorstellen, dass es auch anders geht. Als ich aufs Festland gezogen bin, hatte ich manches Mal den Impuls, mein Fahrrad dichter ans Haus zu stellen. Du denkst bei Sturm automatisch, du müsstest dich um etwas kümmern. Dass du einfach nur im Warmen sitzen und zugucken kannst, wie draußen die Bäume vom Wind gepeitscht werden, ist echt gewöhnungsbedürftig.«

Ben griff ihre Hand. »Du bist mit der drohenden Katastrophe einer Sturmflut groß geworden, ich bin mit der drohenden Katastrophe des Zusammenbruchs meiner Familie aufgewachsen. Du hast eine Handvoll Geschwister, ich bin Einzelkind. Ich liebe Austern, du Möweneier. Denkst du, es kann mit uns funktionieren, obwohl wir so unterschiedlich sind?«

»Das werden wir nicht erfahren, wenn wir es nicht ausprobieren.« Sie drückte seine Hand etwas stärker. »Doch, ich glaube schon, dass wir ganz gute Chancen haben. Wir lieben beide die Nordsee, fahren gern Rad. Da lassen sich bestimmt noch mehr Gemeinsamkeiten finden. Ganz sicher.«

Sie waren auf dem Wenningstedter Friedhof unweit der Friesenkapelle und des Dorfteichs angekommen. Beke hatte gar nicht mitgekriegt, wohin der Weg sie führte. So sehr war sie in ihr Gespräch vertieft gewesen. Ben blieb an einem schlichten Grab stehen. Beke war kurz irritiert, dann las sie den Namen auf dem Stein: Ole Jessen.

»Ich habe bei meinem Vater gelernt, das weißt du ja. Es ging mir ziemlich auf die Nerven, dass er sich Stunde um Stunde um die Entwicklung kostengünstiger attraktiver Schienenfahrzeuge kümmerte, die nie gebaut wurden. Währenddessen durften Paul und ich den Laden schmeißen. Das war ein Meister, der bei meinem Vater angestellt war. Ohne ihn hätten wir längst dichtmachen müssen. Aber auch so ist am Ende des Monats nie etwas übrig geblieben, außer mehr Schulden.« Ben atmete tief durch. »Ich hatte das schon mitbekommen, als ich noch zur Schule ging. Immer diese Diskussionen mit meiner Mutter, immer wieder war mein Vater für ein paar Tage weg, um hier auf Sylt endlich den entscheidenden Schritt zu tun, wie er sagte.«

»Du hast trotz allem bei ihm angefangen.«

»Ich hatte das Gefühl, ich hätte eine Verantwortung gegenüber meiner Mutter. Außerdem hat Fahrzeugbau mich durchaus gereizt. Es gab da so ein paar Ideen, die ich hatte.« Wieder machte er eine Pause. »Auch für die Firma habe ich mir etwas ausgedacht, Veränderungen, die uns in ruhigeres, solideres Fahrwasser führen sollten.«

»Das müsste deinen Vater doch gefreut haben, oder nicht?«, wollte Beke wissen, obwohl sie die Antwort ahnte.

»Es hat ihn gefreut, dass ich mir Gedanken mache. Aber im Grunde stießen die Vorschläge bei ihm auf taube Ohren. Werde du erst mal mit der Lehre fertig, bevor du klug daherredest, hat er immer gesagt. Meistens hat er das liebevoll scherzhaft gemeint. Und ich habe das lange hingenommen. Aber irgendwann ist mir der Kragen geplatzt. Ich konnte es nicht mehr aushalten, ständig vor eine Wand zu rennen, während wir immer nur haarscharf an der Pleite vorbeigesegelt sind.« Er schluckte. »Hätte ich mich doch nur beherrschen können. Das habe ich sonst doch auch immer geschafft.«

»Ich weiß, was du meinst. Ich habe auch schon nach irgendwelchen unsinnigen Streitereien bereut, aus der Haut gefahren zu sein. Aber manchmal kann man das eben nicht verhindern.« Sie sah ihn an. »Ben, du bist auch nur ein Mensch. Es ist ganz normal, dass du irgendwann explodiert bist, so wie ihr unter Druck gestanden habt.«

»Wir haben uns furchtbar in die Haare gekriegt. Ausgerechnet, nachdem meine Mutter ihm eine psychologische Therapie vorgeschlagen und er den Mietvertrag am Ellenbogen gekündigt hatte. Das war mir in dem Moment aber nicht klar. Ich erinnere mich noch, wie wir uns angebrüllt haben. Es sind böse Beleidigungen gefallen, und ich habe ihm Vorwürfe gemacht, dass er als Ehemann und Vater keine Verantwortung übernehme. Da starrte er mich plötzlich an. Ich dachte, er bricht jeden Moment in Tränen aus. Ich bin mir heute noch sicher, er hätte sich in dem Augenblick gerne entschuldigt für das, was er seiner Familie über Jahre zugemutet hat. Aber er konnte wohl nicht. Er ist wortlos auf und davon.« Mit glänzenden Augen sah Ben auf das Grab hinab. »Alter Dickschädel«, murmelte er heiser.

Beke hatte einen Kloß im Hals. Sie ahnte, was jetzt kam.

»Er war ein paar Tage verschwunden, dann wurde seine Leiche am 2. Oktober 1995 zwischen Kampen und Wenningstedt angespült. Meine Mutter denkt heute noch, dass es ein Unfall war. Aber er hat mir einen Abschiedsbrief hinterlassen. Wenigstens das.«

Ihr rollte eine Träne aus dem Augenwinkel. »O Ben, es tut mir so leid.«

Beke legte ihre Arme um ihn. Sie blieben eine Weile stehen. Eine Hummel setzte sich auf den Sand-Thymian und krabbelte ein wenig unglücklich herum. Sie war zu früh dran. Die zarten violetten Blüten würden sich erst in ein paar Tagen öffnen.

Es mochten ein paar Minuten vergangen sein, da sagte Ben: »Tschüss, Papa, bis zum nächsten Mal.«

»Du hast keine Schuld«, sagte Beke, als sie den Schleichweg hinter dem Golfplatz erreicht hatten, der direkt zu Bens Haus führte. »Du musst aufhören, dir Vorwürfe zu machen.«

»Ich weiß. Das hat mein Vater auch geschrieben. Dass ich keine Schuld habe, meine ich.« Er lachte leise. »Nur, was soll man machen, wenn der Kopf diese Information nicht an die Seele weitergibt?«

Obwohl Beke hundertmal beteuert hatte, sie könne sehr gut zu Fuß von der Pension zum Bahnhof gehen, hatte Ben das Auto geholt. Glücklicherweise legte er keinen Wert darauf, sich ihr Zimmer anzusehen, sondern trank in der Friedrichstraße einen Milchkaffee, während sie ihre Sachen packte und die Rechnung beglich. Ach, Birte, Schwesterherz, hoffentlich hast du es nicht eilig, dein Geld wiederzukriegen. Über zweihundert Euro hatte sie nur für die Übernachtung hinblättern müssen. Da hatte sie sich jahrelang keinen Urlaub geleistet, um jetzt so eine Summe auf den Kopf zu hauen. Sie schmunzelte. Besser hätte sie das Geld ihrer Schwester nicht investieren können, fand sie. Und die würde das vermutlich genauso sehen. Wie schnell die Tage doch verflogen waren! Beke seufzte. Wie gerne wäre sie noch geblieben! Aber da war nichts zu machen.

Auf dem Weg zum Bahnhof schwiegen sie. Ben stellte den Wagen ab und nahm ihre Reisetasche.

»Das kann ich doch machen.«

»Kommt nicht in Frage. Ich bin ein Gentleman. Gewöhne dich lieber dran.«

»Gern!«

Ihr Zug nach Hamburg stand bereits am Gleis. Beke hatte sich gewünscht, dass er Verspätung hätte. Aber das kam wohl nur vor, wenn man in Eile war. Eine Horde Kinder mit deutlichem hessischen Dialekt lärmte und tobte auf dem Bahnsteig herum. Es war die Schulklasse, die schon auf der Hinfahrt mit ihr den Wagen geteilt hatte. Ob es einigen von ihnen wohl ähnlich erging? Ob auch sie auf der Insel jemandem begegnet waren oder etwas erlebt hatten, der oder das ihr ganzes Leben verändern konnte?

»Wir haben noch zwanzig Minuten«, sagte Ben. »Möchtest du noch etwas essen? Sonst knurrt gleich wieder dein Magen, und der Zugbegleiter denkt, es gibt Triebwerksprobleme.«

Sie rang sich ein Lächeln ab. »Nein, ich habe keinen Appetit«, sagte sie traurig. Ben nahm sie in den Arm. Er hatte sich hinter seiner Sonnenbrille verschanzt und schob sie auch jetzt nicht in das blonde Haar, wie er es normalerweise tat.

»Was wird eigentlich aus deiner Reportage?«

»Nichts.«

»Wieso? Du hast doch ständig Notizen gemacht. Und Fotos hast du auch.« Ihr fiel ein, dass sie auch eine Aufnahme von Ben gemacht hatte. Gott sei Dank! Das würde in den nächsten Tagen ihr Fels in der Brandung sein.

»Die Redaktion will aber keine gewöhnliche Reisegeschichte über Sylt haben. Ist eben nichts Neues, ein bisschen über das Radeln entlang der ehemaligen Bahntrasse zu berichten.«

»Muss denn immer alles neu sein? In Frauenzeitschriften steht doch auch ständig der gleiche Unsinn. Die erfinden ihre albernen Diäten und Styling-Tipps doch auch nicht ständig neu.«

»Das ist etwas anderes, das verstehst du nicht. Ich übrigens auch nicht.« Sie legte den Kopf an seine Brust. Jetzt die Zeit anhalten zu können, das wäre schön. »Wenn ich denen etwas verkaufen will, müsste ich ein Interview mit dir liefern.« Sie sah zu ihm auf. »Das heißt, du müsstest deine Geschichte einer Zeitung erzählen. Ich kann mir nicht vorstellen, dass du das willst.«

»Nein«, sagte er ernst. »Tut mir leid.«

»Schon okay. Damit habe ich ohnehin nicht mehr gerechnet. Und ich würde das auch gar nicht wollen. So etwas gehört nicht in die Öffentlichkeit.« Sie strahlte ihn an. »Wer weiß, wozu ich meine Notizen und Bilder noch verwenden kann. Es ergibt sich immer irgendetwas. Und außerdem will ich es tatsächlich mal mit einem Roman versuchen.«

»Gute Idee.« Beke spähte an seiner Schulter vorbei zur Bahnhofsuhr. Nur noch zehn Minuten bis zur Abfahrt. Allmählich musste sie nach ihrem Abteil Ausschau halten und einsteigen.

»Und du? Wirst du weiter für die Wiedergeburt der Rasenden Emma kämpfen?«

»Ich weiß nicht. Nein, ich glaube nicht. Zumindest werde ich erst mal weder Zeit noch Geld investieren. Warum sollte jetzt etwas daraus werden, nachdem das jahrelang abgeschmettert wurde? Ich habe überlegt, eine Stiftung zu gründen. Für Kinder, deren Familien sich keine Reisen leisten können. Die würde ich gerne nach Sylt holen. Was meinst du?«

Sie blieb stehen. »Das finde ich großartig, Ben. Und ich bin sicher, dein Vater hätte diese Idee auch gemocht.« Sie gingen weiter bis zu Bekes Abteil.

»Was ich dich noch fragen wollte …«, begann Ben. »Was hast du eigentlich in meinem Arbeitszimmer gesucht?«

Damit hatte sie nicht gerechnet. »Nichts. Ich meine, ich wollte doch nur wissen, in wessen Haus ich mit dir … also, wo wir beide womöglich … na ja, so ein Schäferdings haben würden«, stotterte sie.

»Schon gut.« Er lächelte. »Übrigens, das mit dem Kerl auf der Pressekonferenz …«

»Schon gut.«

»Das würde ich genau so wieder machen.«

»Wie bitte?« Sie sah ihn verblüfft an.

»Du wärst sonst nicht nach Sylt gekommen, und wir wären uns nicht begegnet.« Da hatte er allerdings recht.

»Der Punkt geht an dich.« Sie küsste ihn flüchtig. »Dann werde ich mal …« Sie kontrollierte noch einmal die Wagennummer. »Also dann.« Beke schluckte. »Ich hasse Abschied.«

»Ich auch. Ab Montag bin ich auch wieder in Hamburg, dann sehen wir uns, ja?«

»Auf jeden Fall!«

»Jetzt hätte ich fast vergessen, dir meine Adresse zu geben.« Ben griff in seine Gesäßtasche und zog einen Briefumschlag heraus. Sie runzelte die Stirn. Konnte er ihr nicht einfach eine schicke Visitenkarte in die Hand drücken? »Nicht verlieren!«, sagte er.

»Das ist doch nicht nur deine Adresse.« Sie fingerte an dem Umschlag herum.

»Kannst du nachher in Ruhe aufmachen. Du hast im Zug doch viel Zeit.«

Jetzt wurde sie erst richtig neugierig. Beke warf ihm einen kurzen fragenden Blick zu und riss dann den Umschlag auf. Zum Vorschein kam seine Visitenkarte und ein Scheck.

»Spinnst du?«, entfuhr es ihr. »Was soll das denn?«

»Das ist für den Artikel über meinen Vater und mich, den du nicht schreibst.«

»Nein, das will ich nicht.« Sie hielt ihm den Scheck hin.

»Du hattest eine Menge Kosten wegen dieser Recherche. Daran bin ich schuld.« Er sah sie zerknirscht an. »Ich bereue das zwar nicht, aber es tut mir leid, wenn du Nachteile durch die ganze Geschichte hast.« Sie wollte etwas sagen, doch er legte ihr einen Finger auf die Lippen. »Du hast doch selbst gesagt, dass ich stinkreich bin«, sagte er leise. »Für irgendetwas muss das doch gut sein.« Eine scheppernde Durchsage kündigte die Abfahrt des Zuges an. Ob sie einfach hier stehen bleiben, bei Ben bleiben sollte? Wenn sie den Scheck annahm, konnte sie auf den Job morgen früh pfeifen.

»Ich muss einsteigen«, murmelte sie zaghaft. Ben hielt sie nicht auf. Beke stieg die Stufen hinauf. Er reichte ihr ihre Reisetasche. Sie beugte sich vor und küsste ihn zum Abschied.

»Behalte das Geld als Vorschuss für deinen Roman«, bat er. »Ich möchte, dass du ihn schreibst. Und versprich mir, dass er ein Happy End hat!«

»Das liegt nicht an mir allein.« Beke konnte sich noch immer nicht dazu durchringen, den Umschlag einzustecken. Unsicher hielt sie ihn in der Hand.

»Bitte, nimm es! Wenn du deinen ersten Roman schreiben willst, musst du von irgendetwas leben. Du brauchst einen Mäzen«, sagte er und schenkte ihr sein warmes Lächeln, das sie so liebte.

»Ich brauche dich«, antwortete sie leise.

»Schön!« Ein Pfiff, die Tür fiel vor Bekes Nase zu, und sie konnte nicht verstehen, was er noch gesagt hatte. Sie legte eine Hand gegen die Scheibe. Der Zug setzte sich langsam in Bewegung. Ben verschwand aus ihrem Blickfeld. Beke stand noch lange da. Durch einen Schleier sah sie die Bahnhöfe von Keitum und Morsum an sich vorüberziehen, schließlich den Hindenburgdamm.

»Tschüss, Sylt«, flüsterte sie. »Wir sehen uns wieder!«

Schlussbemerkung

Obwohl es die Rasende Emma auf Sylt nicht mehr gibt, lohnt es sich, auf ihren Spuren über die Insel zu radeln. Das einzige Stück Schienenstrang war noch lange in der Einfahrt zum Kinderheim Puan Klent zu sehen. Ob es heute noch dort liegt, kann ich nicht sagen. Zwar bin ich die gesamte Strecke mit dem Rad abgefahren, aber ich habe es nicht entdeckt. Vielleicht ist es inzwischen auch entfernt worden, vielleicht habe ich es einfach übersehen. Darum habe ich es für den Roman kurzerhand in den Abschnitt der Südbahn nach Hörnum verlegt.

Fennen: Spezieller Weidentyp, von Gräben durchzogen, der auf Halligen zu finden ist.

Hallig: Eiland im nordfriesischen Wattenmeer. Im Gegensatz zur Insel verfügt sie über kein natürliches Süßwasserreservoir. Und eine Hallig hat üblicherweise keinen Deich.

lütt: klein

Warf: auch Warft. Erhebung auf einer Hallig, auf der die Wohnhäuser stehen.